[英] 柏瑞尔·马卡姆 ------- 著　郑玲 ------- 译

The
Splendid
Outcast

迷人的
流浪

湖南文艺出版社　博集天卷
HUNAN LITERATURE AND ART PUBLISHING HOUSE　CS-BOOKY

献给——柏瑞尔的孙女弗勒尔和瓦莱丽

怀念她们的父亲杰维斯·马卡姆

前　言

　　柏瑞尔·马卡姆有着传奇的一生。她的出身本可以让她过上舒适的爱德华式的"乡村"生活：接受正统教育，研习英国文学、法语语法、绘画，还会在家庭教师的指导下学做针线活；穿着衬裙和马裤；望着教室窗外莱斯特郡的乡村风景做做白日梦；又或者坐在童年小屋前精心修剪过的草坪上玩洋娃娃，头上的雪松给她遮着阴凉，不时传来几道悠闲的马蹄声，那是篱笆外，一匹路过的骏马发出的响声。接着，她就会学骑马，骑着马去打猎，这简直是水到渠成的事情，因为她的家乡阿什维尔是整个英格兰最适合猎捕狐狸的地方，而她的父母也十分热衷于猎狐。或许，等她再长大些，她就会长成初入社交圈的少女，为第一场舞会精心打扮，最终嫁给邻近一位门当户对的地主。但无论如何，我们都很难想象柏瑞尔会满足于这种乡村生活，在铺满绸缎的会客室里端茶倒水，听别人嚼舌根。

但1903年，她的父亲决定举家搬迁到英属东非保护国，即今天的肯尼亚。只有三岁的柏瑞尔跟随着父亲来到了荒凉的新家园，在那里，如何活下来才是主要的教学课程。接下来的十八个月里，她的父母分开了，母亲带着最大的孩子理查德回了英格兰。柏瑞尔和父亲留在了恩乔罗的农场，由此开启了不同寻常的成长经历，摆脱了所有常规和限制。就像柏瑞尔自己说的那样，她生活在"没有围墙的世界"里。

柏瑞尔的父亲忙于打理农场的生意，把柏瑞尔则交给非洲雇员照顾。自然而然地，她从农场上来自不同部落的人身上，学会了不同的语言习惯和风俗。他们中间有南迪人、吉卜赛吉斯人、卢奥人、基库尤人，甚至偶尔还会有马赛的牧人。这些人是她的朋友，也是她的导师，带着她一起光着脚丫、半裸着身子，在原始丛林里穿梭。她学会了打猎，大自然教会了她如何追踪动物的痕迹，她甚至可以单靠一柄长矛猎杀野生动物。柏瑞尔成了非洲的一部分，非洲大陆也融入了她的血液。

有时，柏瑞尔也会骑着小马，跟随父亲一起巡视农场。她的坐骑是一匹名叫维·麦格雷戈的阿拉伯马。时光流逝，柏瑞尔开始学习训练来自英国的纯种赛马，这些马都是她的父亲在经营农场之余训练出来的。十几岁前，她自己骑的马和训练的马对非洲的马倌来说都太"难搞"了。骑术和对马匹的了解让她成了肯尼亚的传奇，彼时她还没有训练出圣·莱杰大奖赛的冠军马。

非洲的生活十分艰难，即便有一千个非洲雇工，也无法让柏瑞尔和父亲过上清闲的生活。日子漫长而艰苦，这些拓荒的初代移居者也面临着诸多劲敌。狮子和猎豹会捕杀牲畜——那些熬过了蜱热和无数流行病的可怜牲畜。其他的野生动物则觊觎着农作物。还要与异常的天气——干旱无雨，突然又大雨倾盆——争天时，而所谓农场也不过是在茂森林[1]里生生辟出来的一块土地。

某些漫长夜晚，在照顾好这些纯种马睡去之后，柏瑞尔会坐在熊熊燃烧的雪松火堆旁，借着防风灯的光亮，听父亲大声朗诵古希腊文学。等到她自己识字后，她便如饥似渴地阅读各种能找到的书籍。后来，她的父亲为她请了家庭教师——一连串老师——都不招她的喜欢。只有两个男老师坚持到了第一次世界大战前夕，接着他们应召入伍，生性叛逆的柏瑞尔被送到了内罗毕的学校。

在学校，柏瑞尔也是个难管的学生，因为她痛恨一切规章制度。入学三年后，她便因煽动同学造反而被迫退学。她再次回到了恩乔罗，成为父亲赛马队里的"头号人物"。在十七岁生日前两周，高挑漂亮、气质高贵的柏瑞尔嫁给了邻居农夫，丈夫的年纪比她大上一倍。婚后不久，她的父亲就

---

1 茂森林（Mau forest），肯尼亚最大的森林生态系统。

破产了，离开了非洲。因此，十八岁的柏瑞尔便考取了驯马师的证书，接管了驯马业务。她手下的赛马没有几匹，但很快就从中产生了冠军马。婚姻破裂后，她便搬进了一栋茅草屋，在那里继续驯马。她训练出肯尼亚圣·莱杰大奖赛的冠军马时，不过二十三岁。更多成就接踵而至，也包括和一位富有贵族的短暂婚姻。这段婚姻因为一位英国王子的介入而告吹。同时，她也毫不犹豫地放弃了赛马事业，转投尚在发展中的飞行运动。

然而，柏瑞尔并没有把飞行看作一项运动，而是把它当成一种刺激的谋生新手段。她取得了飞行员执照，很快累积了飞行时间。她在飞行记录不过一百小时的时候，就独自飞行了六千英里，抵达英格兰。她自主创业，开着简陋的、盖满了帆布的复翼小飞机帮助狩猎的队伍搜索大型猎物。她清出一小块林地当作临时跑道，加入狩猎大军，每天往返数次为猎人们寻找象群，特别要为那些热衷于搜集战利品的人寻找有着"大长牙"的猎物。狩猎季结束后，她便会开始运送乘客往返与世隔绝的"北国"农场，为坦噶尼喀[1]的金矿工人送信，有时还要为新开张的航空公司临时充当飞行员。受限于当时的技术水平和环境因素，像柏瑞尔这样独自飞越丛林十分危险。她没有无线电设备，也无法实现紧急迫降。一旦她在丛林中坠机，即便在落地后毫发无损，也会因为饥饿口渴而使体能慢慢消耗殆尽，更不用说还有受到野生动物攻击的可能。面对危险，她仅有的装备就是放在一尘不染的白色飞行衣口袋里的一小瓶吗啡，还有一把左轮手枪。

1936 年，柏瑞尔成为首位从东到西飞越大西洋的女性，也是从英格兰飞到北美的第一人，她一下子成了世界名人。当时一些著名的飞行员，包括美国的查尔斯·林白、阿米莉亚·埃尔哈特、威利·波斯特，还有英国的埃米·约翰逊、吉姆·莫里森和琼·巴滕，都喜欢记录下自己的故事（有时也会请人代写）。因此，柏瑞尔也肯定会受邀写下她自己的成就，促成了《夜航西飞》一书的成型。在这本书之前，柏

---

1 Tanganyika，坦桑尼亚的大陆部分，位于非洲东部。

瑞尔还完成了一部抛砖引玉性质的作品，书中并没有简单记录她是如何学会驾驶飞机，随后完成飞越大西洋的壮举的。它更像一本回忆录，记录了她的童年故事和与马匹在一起的经历，以及在飞行领域的探索，其文风也广受评论界的好评。此书曾一度位列《纽约时报》畅销书排行榜首位，但很快因为第二次世界大战而逐渐无人问津。

四十年后，这本文思优美的图书再版，有不少人开始质疑柏瑞尔是否为此书真正的作者。作家拉乌尔·舒马赫声称是他一直在为柏瑞尔捉刀。"她差不多是个文盲。"一些诽谤者这么评论柏瑞尔，但也有人质疑——如果她真的这么有写作才能的话，为什么没有见到其他作品问世？在为柏瑞尔授权的传记查阅资料时，发现了一系列由她写成的短篇故事，这或许能部分解答上述疑惑。

在研究了柏瑞尔丰富的职业经历，亲自与她见过面，见识到她的才能后，我意识到真正了解她的人绝不会质疑她写作的能力。除了她，谁还能对她的童年故事和其他经历有着如此深入而独特的了解？不会有哪个影子写手能描绘出如此多的细节和细腻的情感。

关于柏瑞尔是文盲的推测完全是站不住脚的。她接受过不少教育，尽管并非一直是正式的课堂教育。但这些教育足够让她通过商业飞行员测试，包括完成难度很大的导航理论论文。她的飞行员日志一看就是出自受过教育的人之手，措辞优美，行文幽默。她的学习过程也颇为与众不同，既有实用性的内容，又体现了她的审美倾向——她经常师从于接受过良好教育的父亲，随后在博学的德尼斯·芬奇·哈顿的鼓励下，继续自学。

柏瑞尔一直坚称，她的作品皆由自己完成。同时，她也不曾否认是她的朋友，法国作家、飞行员安托万·德·圣·埃克苏佩里帮助她完成了回忆录开篇的部分（或许这就能解释为什么那一部分充满诗意），她也不曾否认拉乌尔在编辑方面给了她意见和支持。在现存的部分手稿中，还能够看到拉乌尔·舒马赫手写的修改意见，而柏瑞尔本人也在前言的致谢部分对拉乌尔的"帮助和鼓励"表示了感谢。但回忆录的大部分内容是由柏瑞尔在巴哈马完成的，而拉乌尔从未去巴哈马看望过她。

柏瑞尔本人对于此书并非出于她手的评论似乎不太在意。当我提起这件事时，她会打断我："噢，又是那本老皇历！"当我问起她是如何回应那些诽谤者时，她只是耸耸肩，说道："我不在乎……"

柏瑞尔的写作可以说是偶发性的，当她迈入人生的下一阶段时，很快就放弃了写作。1948 年，她与拉乌尔·舒马赫完婚后，再次回到了非洲，重新开始了训练赛马的事业。她的一生充满了冒险和成就。她另外的成就——驯马和飞行——广为人知，经常受到媒体报道。但写作并非一项公开的事业，它需要独自完成，因此，柏瑞尔的诽谤者们很容易就会质疑是否有人捉刀代笔。

我的看法是，柏瑞尔——就像很多只著有自传的人一样——把写作看作一项困难的杂事。尽管她在美国期间，经常自称作家，打算退休后回到自己的房间里"工作"，但让她完成小说创作的确有一定难度。尽管如此，在美国期间，柏瑞尔也出版了书中的一些故事，其中的几篇可以与《夜航西飞》相媲美，是十分出色的文学作品。虽然其他一些作品的文学性略显不足，但也可作为历史背景，让我们更好地了解柏瑞尔的一生。

我在与柏瑞尔合作完成她的自传期间，一直在整理这本选集，想作为她八十四岁的生日礼物，给她一个惊喜。但很遗憾，她在生日前就去世了。我只能想象她听说这本书时会有怎样的反应。"真的吗？太有意思了！赶快坐过来，喝一杯。现在……咱们要聊点什么？"她一直以一种谦逊的态度讲述自己的成就。她讲述得很实在，当我让她再多讲几句的时候，她就会随意挥挥瘦长的大手，轻蔑地说道："那都是太早以前的事了，没人愿意听的。"

柏瑞尔存世的文学作品并不多，这也是我们的损失。她的自传现在已经成为这个时代的经典作品之一，这是对她出色的写作能力的肯定。写作成为她一生成就中的重要组成部分，她配得上这所有的荣誉。

玛丽·S. 洛弗尔

英格兰，索尔兹伯里

1987 年 3 月

目 录

Contents

第 一 部 分

Part One

记忆中的往事

　　我还记得，细碎的阳光穿过树叶落在它栗色的身体上，好像给它披上了一身铠甲；我记得它的眼睛是那么明亮。我还记得，查尔丁优雅地转过身，怀着王者的威严面向这个不堪一击的大卫，还有它耀眼的勇气。

　　回想起来，在我二十多年养马、驯马的生涯里，总该遇到过至少一匹极通人性的赛马。因为书里写过这样的马，但我从未亲眼得见，这不免让我怀疑，这样的灵兽是否真的存在。每每听人说起"跟人一样聪明的马"，我都觉得有些伤感，记忆中竟没有一匹马，配得上如此称赞。但对马来说，这样的比较有没有道理，本身就值得生疑。维·麦格雷戈就是个例子。

　　维·麦格雷戈的一生都看不上人类和他们的工作，我相信，它愿意听从主人的命令完全是因为它宽容的性子。它从不会忽视主人的每个字眼，也不会拒绝任何一双手，直到它与查尔丁结下了血海深仇，人们才知道，这动物的心里也熊熊燃烧着难以扑灭的火焰。

维·麦格雷戈是匹阿拉伯马，周身呈棕栗色，配上纯黑的鬃毛和尾巴。它的前额上有一块白色的星形印记——快活地稍稍偏向一侧，好像粗鲁的街头顽童头上歪戴的帽子。在我们的马厩里，它也算是个不入流的家伙。麦格雷戈身体结实，但身材矮小。虽然是匹种马，但我们既不需要它来配种，也不需要它去参赛，只是把它当作我和父亲的坐骑——有些时候，甚至要它来拉小马车。我至今仍然清楚地记得它来到农场的那天。

我们在肯尼亚的农场上，马匹总是来来去去。有些马被送来训练，有些则离开农场，去内罗毕、埃尔多雷特、纳库鲁，甚至是两千英里外的德班比赛。维·麦格雷戈到来之前，农场里都是纯种马。在新手眼里，这些马长得都是一个模样，不过在颜色上有些差别。它们都是些高头大马，肌肉结实，骨子里透着傲慢，散发着张狂的美。人们宠爱这些马，把它们打扮得漂漂亮亮，当成等待继位的皇子一般爱惜。

恐怕这些马已经结成了势利的小圈子，维·麦格雷戈第一次来到它（位于次等马厩）的马房前，等着它的竟只有沉默。没有一匹公马发出声响，住在宽敞位置的母马更是显得毫不关心。沉默的背后可能还有其他理由，但这些纯种良驹看到维·麦格雷戈的时候，眼里那种矜持的沮丧劲，完全和社会名流发现身边多了一个满手老茧的苦力工时一个样。

尽管如此，在接下来的几天里，这匹矮小的阿拉伯马一直兢兢业业地工作，泰然处之。它有耐心，它要让每个人知道，它的心里从未有过恶意，只有平和的灵魂。它很聪明，态度十分得体，从未拒绝过任何要求。要不是查尔丁来了农场，我们可能都会被维·麦格雷戈温和的外表蒙蔽。但查尔丁终究还是来了——在糟糕的一天。

我们要把树木从农场里清掉，确切来说，是和整个茂森林在搏斗。几个世纪以来，这片森林毫无节制地扩张，树木都在肆意向着高处疯长，我曾一度深信，这些巨木的树枝一定都能扫到天际。这片森林有雪松、紫杉，还有竹子。雪松通常能长到两百英尺 [1] 高，把太阳光遮得一干二净。

　　男人们都说，森林是不可战胜的。这话不假，但父亲至少把它逼退了一段。他带领着一大批荷兰人，带上几百头牛，每人揣上一把大斧，日复一日地冲击着森林的壁垒，它厚重的外墙终于开始分崩离析。

　　就在这一天，父亲告诉我："带上维·麦格雷戈，给莫斯泰特送个信。雨季要到了，我不能让我的人都陷到林子的泥地里。"

　　克里斯蒂安·莫斯泰特是我们的开路先锋，一小时后，他从我的手里接过了父亲的字条，仔细地读了，接着不情愿地抬头向上望去，他的眼前还没有天空的踪迹。

　　"好，"他说，"我什么都没看到，但我觉得老板没错。

---

1 约六十一米。

我闻到了雨的气息，猴子们都不出声了。"

　　他往手上啐了口唾沫，大声下令返回，但为时已晚。闪电吞没了他的声音，大雨吞没了整片森林。这就是典型的赤道风暴，说来就来，凶猛暴烈，吞没一切。整个世界被裹进黑暗，闪电之刀劈出刺眼的裂缝。它把粗壮的大树摇得嘎吱作响，让竹子痛苦呻吟。巨林猪四散奔逃，寻找掩护；吓坏了的鹦鹉穿过闪电，留下一道道绿的、红的弧形影子；带去的牛都慌了神，胡乱闯着，却被缰绳困住不能动弹。

　　对克里斯蒂安·莫斯泰特来说，这不是新鲜事，对他的队伍来说不是，对我也不是。维·麦格雷戈从未经历过这些，但这匹小小的阿拉伯马却把这可怕的噩梦踏在了脚下。它的四蹄稳稳地定在地上，甚至都没有发抖。它载着我穿过咆哮的林间小路，从一个牛群到下一个牛群，驯服地执行着我的命令。

　　哪怕是闪电劈开雪松，倾倒的巨木砸向牛群，砸断了两头牛的脊背时，它都丝毫没有畏缩。哪怕是克里斯蒂安·莫斯泰特举起来复枪，射杀了这两头痛苦的动物时，维·麦格雷戈也只是微微显出了些好奇，动了动耳朵，好像它精神错乱的主人已经让它感到无聊。

这一小时里，它尽心地工作着，丝毫不为风暴所动，不止一次地把货车从泥地里拉出来。莫斯泰特指挥着他的队伍，麦格雷戈就跟着他的指令，载上我前前后后地跑着。风暴的结束和开始时一样突然，维·麦格雷戈也第一次见到了查尔丁。

就在这一天，查尔丁从英格兰抵达了农场。它站在那儿，竖着的毛发里写满了高傲。它的身上披着毯子，愤怒地盯着马厩间的宽阔地带。父亲一脸骄傲地站在它的旁边，十几个马倌和农场工人也围在那儿，都被它漂亮的外表迷住了。

它不光有漂亮的外表，高贵的血统和卓越的技术更是它骄傲的资本。查尔丁的血统和成绩就像烈焰一般，瞬间燃尽任何对它的质疑。它是圣西蒙之子，它是马场的冠军，它的小马驹们也是冠军，这些它都一清二楚。

查尔丁是匹黑色的骏马，周身像来复枪管一般光滑硬挺。它的头部线条流畅优雅，胸膛厚实，腿上干净。高大的身形让它可以一步跨得很远，四条腿孔武有力。它用傲慢的仪态包裹住外表的美，好像根陶立克式的顶梁柱，和它比起来，维·麦格雷戈就像根破烂的木头。

维·麦格雷戈也感受到了。它刚在林子里出了苦力，雨水混合着汗水，弄得毛发透湿。它高抬着头，看着它被捧上天的同类，全身一抖。它的嗓子里挤出一声低沉的响动，传进了查尔丁的耳朵。

一瞬间，两匹马——一个苦力，一个王子——互相对望着。紧接着，查尔丁围着绳栓转了起来，突然猛地腾跃双腿，爆发出骏马愤怒而尖锐的嘶鸣。它继续腾跃着，想要挣脱父亲的力量，它的前腿击打着空气，不住地嘶鸣。父亲口里骂着，铆足了劲，把它压下来，马倌们也赶忙冲上去帮父亲。

维·麦格雷戈突然想往前冲，我赶忙拉紧了缰绳。它想要摆脱缰绳，我又把它拽回来。这样的僵持并没有持续多久，但事情远没结束。我驾马向马厩走去，突然明白了，高大的纯种马和矮小的阿拉伯马已经结下了梁子，只待解决。

日常工作的压力，让你很容易就把这些事情忘到脑后。如果你要照顾马厩里的五十匹马，肯定不会有时间去在意一两匹马之间是不是有什么矛盾，或是有什么弱点。你要做的就是记下一些规矩，再照着做。其中一条规矩不言自明，两匹敌对的公马绝对不能碰面，这道理再简单不过了，简单得你会不自觉地以为这两匹马无论如何也见不到面。

日子一天天过去，维·麦格雷戈还在做着日常的工作，我从未觉得它身上有什么改变。它有了不少孩子，有些马就会这样，至少看起来是这样。但更多的时候，它都会站在马房最远的角落里，藏身在一片阴影之中，眼盯着墙壁，那儿什么也没有。

但确实有那么一两次，我注意到，它门上的木闩总是被拨出来一点点，但我也没放在心上。因为有很多马，可能是因为无聊，总喜欢用牙拨弄门闩，或是把牵引绳咬着玩。我基本上都把门闩推回原处，就忘了这事。

雷芙·金来到农场之后，查尔丁的自我意识到达了顶峰，有好几次几乎完全失控。雷芙·金是匹捕鲸小牝马（换句话说，它是匹来自澳大利亚的纯种母马），毛发呈深枣红色，是骑手眼里的美人。但我还是不明白，为什么在住着几十匹公马和母马的马房里，只有它每天从查尔丁和维·麦格雷戈的马房中间走过时，才能让这两匹马的宿怨激化到如此白热化的地步。

实际上，一个可能在于，当它们有了新理由互相仇视的时候，雷芙就被完全遗忘了。但不管怎样，雷芙的马夫每次牵着它走过马房，矮小的阿拉伯马和高傲的纯种马都会无一例外地发出嘶鸣，宣泄着同样的愤怒和憎恶。每个人本来都该明白，这样的仇恨早晚有一天会爆发出来，但没有人真的去考虑这件事。

没过多久，雷芙·金便产下了一匹可爱的小马驹，查尔丁（因为是圣西蒙的后人）自然是它的父亲。饲马人的工作可不是什么浪漫的差事，他们考虑的只有利益得失。父亲和他经常来家里做客的懂马的朋友，都对查尔丁和雷芙·金的孩子寄予了厚望。

说来奇怪，每当马厩里添了一匹新生的小马驹，公马们都会兴奋异常，就连去了势的公马也要做出些滑稽古怪的举止。它们嘶叫着，撞击着棚屋，好似陷入了野性的狂喜。如果马被放到草场上，它们就会一次次地大步疾驰，不住地蹬着蹄子，马蹄嗒嗒作响，快速地跑着，马蹄铁闪着亮光，就好像不知疲倦的演员赶上了一周长的狂欢。所有新生命的诞生都激发了这样的欢庆。但雷芙·金的孩子出生时，维·麦格雷戈却成了沉默的旁观者。

我猜这大概是血统的原因。阿拉伯马不像纯种马那么容易兴奋，而维·麦格雷戈最为令人珍视的品质就是它稳定踏实（还有越发沉郁）的性格。它甚至都不再理会查尔丁的挑衅，只是站在那儿，在马房最阴暗的深处盯着它的对手。它努力工作的时候，查尔丁沐浴在和暖的阳光里；它回到家中，满身臭汗的时候，查尔丁却被某些勤奋的马倌伺候得很不耐烦；它的蹄子上没有马掌，这样干活更方便，而查尔丁则穿着精巧的电镀马掌在赛道上争金夺银。这些我们都忘了，但维·麦格雷戈还记得。这些记忆都埋在它的心里，直到有一天它的心被装满了，再也装不下了。

两匹公马的战斗触目惊心。当你在其中一匹马背上的时候，更会让你心惊胆战。

几个月来，每天早上维·麦格雷戈都能看到我跨坐到查尔丁身上，带着它去练习；几个月来，我已经忘记了维·麦格雷戈半开的门闩，也忘记了耐心的力量和熟能生巧的道理。如今，我相信维·麦格雷戈一定是打一开始就明白这样的道理。

它在离房子不远的地方等到了我们。我们经常会穿过一片合欢树林，林子里有块空地。那是片很大的地方，包围着一圈合欢树，树上花边形的叶子和黄色的花朵给空地投下了斑驳的影子。那是一片红土地，土质坚硬。这样的硬地似乎成了维·麦格雷戈的赛场，它摆动着蹄子大胆地闯了进来，没有什么狡猾的伎俩，更没有从背后偷袭。

它直截了当地来到对手面前，既没有慢跑，也没有急促狂奔，就这么直接高高抬起了结实的马腿，骄傲地梗起脖子，摆动尾巴，好似飞扬的战旗。它的耳朵放了下来，那是愤怒的警示，更是在警觉中的期待和热切——好像这一刻才是它安静的一生中，最为期待的狂喜时刻。

我还记得，细碎的阳光穿过树叶落在它栗色的身体上，好像给它披上了一身铠甲；我记得它的眼睛是那么明亮。我还记得，查尔丁优雅地转过身，怀着王者的威严面向这个不堪一击的大卫，还有它耀眼的勇气。我能感觉到查尔丁的肌肉紧张起来了，也能感觉到它膨胀的血管好像紧绷的绳索一样藏在皮肤下面。我能听到它第一声战斗的呐喊，是那么低沉。我看了看周围。

穿过林子，我能看到我们的房子，距离不远。但周围一个人都没有——我的父亲、马倌、农场的帮手——谁都没有。我可以从马背上跳下来，但你不能离开一匹盛怒的骏马，你不能违背这样的规矩。你得坚持住——发着抖。我坚持着。我全身发抖。两匹马都被愤怒吞没，我独自一人，咀嚼着恐惧的苦涩。

当维·麦格雷戈发起了进攻，当查尔丁发出战斗的怒吼，当鲜血溅上了我的衣服和裸露的手臂，当飞扬的尘土掩盖了一切，只剩尖锐的牙齿和坚硬的铁蹄时，我的恐惧冻结了——我成了一个被遗忘的旁观者。

我见证了这匹矮小的阿拉伯马发动了第一次冲击。它冲了过来，头向前伸着，快如利剑，牙齿是它的武器——它亮出了尖牙——想要咬上查尔丁的前腿。它是那么无畏，那么敏捷，它的速度可以致命。

查尔丁跪了下来，躲过袭击，高声嘶鸣起来。那是战斗的呐喊，那是一千支小号同时发出的嗡鸣。它嘶鸣的颤动也让我周身一阵战栗。

查尔丁倒下了，肩膀插到了一段树根上，撕裂了皮肉，激起了深红色的旋涡。但它又站了起来，它的怒火被彻底点燃了。它高高抬起前腿，我紧贴在它身上，踢上了阿拉伯马的侧腹部。鲜血和疼痛好像烈火中的坚钢，被铁匠反复锤打。

我猜我一定大叫出声了。我猜我一定挥起了鞭子，任凭缰绳割破双手。不满十五岁的我独自一人，甚至可能被吓哭了，但这些事情我不再记得。我唯一记得的，就是突然感知到的那种可怕的力量，那是可以毁灭一切的力量，来自最为温驯的动物，向人类俯首的奴隶。

维·麦格雷戈是个坚定又冷酷的斗士，几乎一声没吭。

我立刻明白了，它要的不是胜利，而是杀戮。它知道，愤怒可以弥补体形上的劣势。

查尔丁比维·麦格雷戈高大很多。它有优势，它也知道要如何利用这种优势。它腾跃着，直到阿拉伯马来到它的身下，便冲了上去，把牙齿深深地嵌进维·麦格雷戈的脖子，死死咬住，再次腾跃，把它的敌人甩进尘土和鲜血里。周围一下子安静了下来。

就在这沉静的时刻，矮小的阿拉伯马挣扎着站了起来，把带着血沫的空气吸到肺里。它脖子上的伤口那么深，一片猩红，但它好像没有受伤一样。在它身上，没有疼痛的影子。

我像疯了似的，赶忙拉动缰绳，想让查尔丁回家，但它不肯挪动半步。它知道接下来要发生什么，一切应验了。

如果此前的维·麦格雷戈只是凶狠，现在的它已经完全癫狂。它的眼睛成了燃烧的黑炭，它冲了过来。我试图把它打跑，但对它来说，我根本不存在。对它来说，什么都无法平息它的怒火，它要置它的敌人于死地。它忘了谨慎，猛贴过来，险些把我从鞍子上甩下去。

再一次，查尔丁咬住了它的脖子，把它血淋淋地摔倒在地。它又站了起来，有点蹒跚，但坚决无比。它的勇气就是它的盾牌，把恐惧拦在了外面。它第三次冲了过来，第三次在查尔丁的力量和愤怒中摔倒在地。但在第四次的时候，它抓住了机会。

我不知道这一切是怎么发生的，在混合了尖叫、尘土和铁蹄组成的旋涡里，矮小的阿拉伯马咬住了查尔丁前腿上的压迫绷带。绷带散了，好像一张网，这就是阿拉伯马想要的。它死死用牙咬住绷带，接着一拉，查尔丁就没了办法。查尔丁用蹄子刨，向前冲，踉跄着，摇摆着，想要挣脱出来。它慌了，我终于要从马背上跳下来了。再坚持下去绝对是疯了，因为如果它摔倒了，我就会跟着一起摔倒，甚至可能会被它压到身下。

我用鞭子抽打着维·麦格雷戈，用尽全力抽打它的头颈，还有肩膀。但它似乎什么都感受不到，它的眼里只有大胜的希望。它的牙齿像螺丝钳一样扣住绷带，用尽全身的力气想要把敌人扳倒。

查尔丁动摇了。它被困住了，阿拉伯马知道。我也知道。我用双手抓住马鞍的鞍头，随时准备跳下马。我听到路上传来了动静，但现在不是时候，一切已经太晚了。

我从鞍子上站起来，马腿上的绷带终于被维·麦格雷戈咬断了。布带的撕裂和查尔丁的反击似乎同时发生了。同时爆发的，还有我的呼喊和维·麦格雷戈痛苦的颤抖。查尔丁的牙齿咬住阿拉伯马的前腿，猛地一拧，咬断了它的腿骨，轻松得好像折断了一根玉米秆。查尔丁又高高腾跃了起来，最后一次，把它的挑战者扔到了地上。

阿拉伯马安静地躺在地上，它还活着，查尔丁不会接受这样的结果。它的主人不再是我，而是愤怒。维·麦格雷戈还想站起来，但它的腿骨彻底断了。大卫倒下了，巨人歌利亚要上前结果了大卫的性命，但他没有。

我的父亲赶了过来，跟着他的，还有他的手下。他们在棍子上绑上草，做成火把，用火光吓退了查尔丁。他们把火把伸到它的面前，让它后退，一步一步，冲它大声叫喊着。我把缰绳紧紧握在手里——手掌现在血淋淋的——拽着它回家。终于，它走上了尘土飞扬的回家路，眼泪还肆意地挂在我的脸上。

大多数情况下，断腿足以摧毁一匹马。虽然维·麦格雷戈活下来了，但它再也干不了活了。它躺在绳索编成的担架上，被抬回了家。接下来的几周，它靠着一根吊索，站在马房里。直到有一天，它可以再次走路了，步履却有些蹒跚。

当然，自此以后，它再也没有找过任何麻烦，它本来也是只温驯的动物。它得到了很好的照顾，人们总会这么照顾忠诚的马匹。它再也没有咬开过马房的门闩，或者不超过一次。

有一天，确切地说，是一天临近结束，太阳几乎西沉的时候，我骑着雷芙·金穿过合欢树林间的空地。我看见了那匹矮小的阿拉伯马站在那儿，站在让它大败的竞技场上，像尊大理石雕像一般安静。它上了点年纪，眼睛里的火焰早已熄灭，棕栗色的毛发在斜阳里失去了光泽。但它站在那儿，既没有看雷芙·金，也没有看我，只是盯着脚下的土地。我们从它身边走过，它没有嘶鸣，也没有发出任何声响，甚至都没有抬头。它只是站在那儿，好像陷入了梦境的人。

当然，这只是我的一厢情愿。马和人不一样——至少我知道的那些马不一样——也许它只是想来抓住太阳最后的温暖罢了。我不知道，所以也不能肯定。这不过是我记忆中的一段往事。

这一则故事和随后的两则故事是最接近自传性质的故事，用柏瑞尔自己的话来说，是对回忆录的有益补充。我说它们"接近自传"是因为每一则故事里面又多少含有一些夸张的成分，让文章在真实之余增加了戏剧性的高潮。这些故事最初可能是为了自传而写的，但拉乌尔曾建议她拿掉一些内容，重新整理时间线。或许就是因为这些修订，这些故事得以独立成章，由柏瑞尔在后期写就。

柏瑞尔写下这些故事的时候，正居住在新墨西哥州一个与世隔绝的农场上，"养小火鸡，经常骑马"。她告诉我，因为战争，丈夫拉乌尔离家服役去了，她总会感到无聊且孤独。回忆童年，写下那些故事帮助她度过了无数漫长的夜晚。

维·麦格雷戈是柏瑞尔的第一匹马，是父亲在她差不多六岁时买下的。那是一匹阿拉伯马，很符合柏瑞尔的性格，因为这种马大多不怎么温驯。但柏瑞尔自小就骑术了得——她形容维·麦格雷戈是一匹"听话的小马驹"。

我们不清楚维·麦格雷戈和查尔丁之间是否真的爆发过大战。但1922年的时候，柏瑞尔的马厩里确实有一匹名叫雷芙·金的小母马，那是父亲离开肯尼亚前往秘鲁的临别礼物。这则故事里描述的事件更像是取材于若干场公马之间的搏斗，都是柏瑞尔在童年的翠山——恩乔罗农场见证过的。

（本文首次刊载于《科利尔杂志》1944 年 1 月刊）

上尉和他的马

　　男爵开始全速奔跑，浅褐色的猎物踏起浅褐色的尘土，隐匿其中。我不再是一个骑在马背上的少女，我化身为尘土，化身为迎面之风，化身为马蹄的怒吼，化身为男爵的勇气和狷羚的恐惧。我化身为万物，任谁也无法改变。

这个世界上有不少心地良善的人会为了马匹神伤。他们相信，上帝用他伟大的智慧赋予了马这一群体两大职责，其一是服务人类，其二则是吞掉好心陌生人手里的糖块。几个世纪以来，马忠于职守，几乎从不抱怨，这也给它们赢得了沉静的美名。就好像厚重的高山，或是一本可靠的古书，所有人都会毫无保留地接受书里的真理，没人会去质疑。马是"善良的"，是"高贵的"。人们是那么看重马的美德，却忘了它们的性格。

来到非洲东部之初，许多马就因为它们独特的性格，给我留下了深刻的印象，至今难忘。那时候，马是我生活的全部，到现在，它们还占据着我的回忆。那些名字——坎布里亚尼、男爵、维·麦格雷戈——都是我记忆织毯上闪光的亮线，多年以后，璀璨依然。

如今正值战乱年间，很难想到或是说出一样事物，无法让"战争"那个短小却又最为残暴的词参与其中。或许正因如此，男爵这个名字总出现于我的脑海——是这个原因，但最重要的是，男爵本身就是个战士。我十三岁时，住在肯尼亚一处尚且可以称为农场的地方。那个时候，战争的阴云远未散去，但肯尼亚的农场上，所见的只有为数不多的几个用雪松木搭成的小棚屋，散落在这片异族的土地上，被蛮荒包围。那场战争过去太久了，几乎都被人遗忘了，但它还是有着一切战争共通的元素：它孕育了痛苦和黑暗，却也带来了希望。它向人们的灵魂深处投下最明亮的一道光，让人们看到自己从未感知过的勇气。

和所有的战争一样——这次也一样——总能发生一些奇怪的事情。战争把人们聚到一起，哪怕他们从未有过共同志向，甚至是共同语言。有一天，战争给父亲在恩乔罗的农场送来了一群又病又累的男人——他们骑在同样疲惫的马上——身上净是弹痕。

不消说，这些人都是英雄的化身。我记得他们。有一个人曾在沙漠的炙烤和酷寒中搏斗了六个月，活下来就是为了投身下一场战争。他对"英雄主义"嗤之以鼻。因为这个词语象征着死亡，不过是人们口头上赠予的奖章，含混不清，连最小的伤口都无法隐藏。当然，你可以继续使用这个词——你可以继续写下它，管他什么真假。

但这些人是骑着马来的，每人一匹，马带着他们来到我们的农场，来到这片宁静安全的土地。马不再是一头牲畜，而是他们的伙伴，他们的战友。

"他们是谁？"我问父亲。

我的父亲是个高个男人，他像珍惜妻子一般珍惜着自己的言语。我想，这也是一种节俭，他讨厌浪费。在那些珍藏的年月里，他相信浪费太多感情就是在没用的事情上白下功夫。"省下力气干活，"他总是这么说，"省下眼泪悲伤，别耽误了欢乐。"

那天早上，我们站在门廊上，房子的外墙用泥随意糊了一层。我问父亲，这些衣衫破烂、满脸胡子、扛着粗糙枪械的人是谁，他们为什么会来到这片祥和的土地。这里的夜晚的确有豹子出没，在平原和附近的山谷里也能和狮子打上照面，但我们已经学会了如何与这些猛兽相处，或者至少是它们学会了如何与我们相处，在我看来，这里就是一片祥和的土地。

"他们是英国兵，"父亲说，"是'威尔逊侦察兵'，很简单。他们从来没见过你，却一直在为了你成长的权利奋斗，现在他们过来休整。对他们好点——特别留心他们的马，看看有什么需要。对他们来说，马也是战士。"

"知道了。"我说。但我还是个孩子，又能知道多少呢。接下来的日子里，那些疲惫的男人逐渐恢复了强壮，大部分伤口开始愈合。晚上，他们会围坐在家里的长桌旁聊天，头上悬着马灯，谁若是讲了个笑话，灯火便会一阵飞舞，接着在沉默中归于平静。有些时候，火光太过微弱，我便要在屋子里待上很长时间，摆弄着马灯，偷听里面的动静。

　　我听到一个德国人的名字，冯·莱托－福尔贝克将军，他率领着驻扎在德属东非的普鲁士军队，一路北上想要攻占我国领土。他的战士骁勇善战，对军令绝对服从，好像被线绳牵制的木偶一样。但他们都是些迷失的人，抗击着英国殖民者，想要把这些英国佬赶出自己的家园——在那时的我看来，这不过是些虚妄的幻想，太过轻率。

　　德国人的确骁勇善战，但也不敢轻视这些威尔逊侦察兵，他们都是自愿参战的殖民地居民，个个擅长骑马。有限的作战知识也不足以撼动他们坚强的意志，他们的心中填满了苦涩和坚忍，还有对自由的向往。他们的对话让我相信，敌人离坟墓不远了。随着战事发展，等我见到男爵的时候，就知道它已经在盘算敌人的坟场要挖多深了。

　　这一小队骑兵中间有一位上尉，他不时会谈起男爵，他说话的口气好像每个人不管来自哪里，都肯定听说过男爵的大名。上尉曾经说过这样的话："当时的情况有点棘手。那条峡谷足有六英尺宽，很深，谷底都是带刺的灌木丛。峡谷那边有三个德国兵，但男爵一点都不紧张，所以我也很放松。我们没费多大力气就干掉了那三个家伙——男爵一蹄子踩上了一个人的肩膀，却仍然稳当地落地了。"在场的其他人此时便会摇摇头，喝上一口酒，仿佛是在无声地致敬男爵。

他当然有理由为他的兵团感到骄傲。父亲把男爵安排在纯种马马厩附近的一个马棚里，我第一次看到它时，竟难掩失望的情绪。我看惯了那些生性敏感、体态匀称的纯种马，它们都天生暴脾气，血统高贵纯洁。

但男爵完全不是这样，它看起来粗野极了。站在那些贵族同类中间，就好像是只普通的牲畜，平凡得好像贱民庶子，显然配不上男爵这么高贵的名字。我第一次见到它时，它一动不动地站在那儿，面目凝重——深棕色的阉马，头方得像个盒子。它的骸骨和球节部位生着一丛厚重的毛发，全身的毛皮粗糙无光，好像一个身经百战的士兵，身上的军装再破烂也没觉得有什么不妥。

这么形容一匹马似乎不太寻常，但每当我走进它的马棚，立刻就会觉得放松，甚至有一种面对睿智长者的感觉。我想是因为它的眼睛吧——男爵有一双深邃的大眼睛，比大多数马的眼睛都要大，一点眼白都没有。那是双和善的眼睛，不仅如此，那更是一双见证了太多纷繁事务的眼睛，仿佛看透了一切，又毫无畏惧。那双眼睛里没有火焰，却因为智慧而鲜活，那不是一潭死水，也没有暴躁的烈焰。你看着它就会明白它灵魂里的平和。

它望向我，却没有过来嗅我的头发，或是讨要食物，它只是站在那儿，展示着自己。它的呼吸平稳，不疾不徐，好像一个老朋友的做派。我拍了拍它种马一般结实的脖颈，实在想不出还应该做点什么，接着便悄悄离开了。蹑手蹑脚地走掉似乎没有什么必要，我穿过草地和农场，走到茂森林的边缘。如果你是个孩子，也会觉得那里是思考的好地方。

我想了很长时间，没有得出任何结论或答案，因为什么
也答不出。

战争、伤兵、宏大的议题、宽泛的意义，这些都让我困
惑，无法解答。马厩里的那匹深棕色的阉马在我的头脑里挥
之不去，因为它是超然的，至少在我看来——它没有任何疑
惑，不需要任何答案。就像我父亲说的，它也在以自己的方
式，承担起一名战士的职责。

这说来容易，但男爵要在那段紧张的战争年月里证明自
己是一名真正的战士，在今天的我看来，需要付出得更多。

我似乎一直不知道男爵的主人，那个年轻的上尉全名叫
什么，但这不是我的错。威尔逊侦察兵们似乎都不拘小节，
他们虽说是一个兵团，但相互间更像兄弟。他们把上尉称作
"丹尼斯上尉"，或者直呼其名丹尼斯。而马查克斯的殖民
官威尔逊本人，在兵团组建初期被人称作"F.O.B"，那是
他名字的首字母。

一天早上，丹尼斯上尉把男爵从马棚里牵出来，另外两个人也牵来了自己的马，鞍子和脚镫都已装好。我正倚着马棚的大门观察着男爵，我敢说自己的眼睛里一定充满了思索。丹尼斯上尉牵着那匹高大的阉马走过来，把缰绳递给我。上尉是瘦高个，有着犀利的灰眼睛和温暖的笑容，那笑容里也透着犀利——似乎也是在笑话我。

他说："你就这么盯着男爵看已经好几周了，我实在受不了了。我们要去打点狷羚，骑着马拿枪打，你也可以跟着来。"

我的手里还攥着把马梳，什么都没说，立刻回了马棚，把梳子挂到短桩上。再出来的时候，父亲也站到了上尉旁边，手里拿着一把左轮枪。那枪很大，父亲递给我时告诉我：

"这枪有点重，柏瑞尔。但你用过这枪，就不会再对那些小玩意儿感兴趣了。上尉没教你的，男爵都会教给你。打不到狷羚没关系，但千万不要什么都没学到就回来了，哪怕你明白了自己没办法从马背上开枪也行。"

上尉笑了笑,父亲也笑了笑。接着父亲吻了我,我纵身骑到男爵背上,离开了农场。上尉、两个骑兵还有我,翻过几座矮山,下到荣盖山谷,来到狷羚的地盘。

天空晴朗,万里无云,但这样的说法似乎毫无意义。在这个国家,大多数日子里天空都是这样晴朗无云,黎明总是被鸟的鸣叫从黑夜中骗走,清朗的天上挂满了多彩的云霞。坐在马鞍上,眼前就是高耸的山峰和绿油油的河谷,肆意散落着,好像床单上断掉的彩线,数不清有多少种颜色,也无法分辨,太多美景都没有名字。色彩如昙花般闪现,天光流转,昨日看到的色彩可能永不再来。

但对那天早上的我来说,这些都没有意义。左轮枪在腰间的生皮枪套里摇摆,骑兵宽阔挺直的脊背就在眼前,还有男爵自信又平稳的步子——所有这一切都让我感到骄傲,年纪再小又何妨?

我们到了河谷的最深处，很快上尉扬起了手，我们迎着朝阳向东望去，一群猎物出现在一英里开外的地方，正在嚼着发黄的小草。我参加过太多次狩猎了，虽然不曾骑着马，但我也知道其中的玄机：逆着风向走，一点点地靠近猎物，尽可能地把光亮藏在身后，成扇形散开，善用掩体。上尉冲我点了点头，我挥挥手，示意他我已经做好准备。接着我们分散开，组成松散的圆圈，互相保持距离，但随时可以恢复合围之势。

荣盖河谷齐腰高的草能轻易藏下猎手和他的马。我和男爵藏在草丛间，看不到其他猎手的踪影，那一大群猎物则毫无遮掩地曝露在阳光下的开阔地带——差不多有五千只，狷羚、斑马、角马，还有大羚羊。

我放松缰绳，棕色的阉马把头探出去，短耳朵警惕地立着，我看着它结实的脖颈，感受着它迈步的力量——它也在和我一同狩猎。它小心地迈着步子，步伐很轻，我下意识地伸手抓住左轮枪，仿佛真正在狩猎的是它，而我只是个帮手。

它不是那种容易激动的马，随着我们和猎物的距离拉近，它变得越来越平静，而我越发紧张起来。我骑在男爵的背上，身子僵得不成样子，似乎没有任何骑手会像我这般僵硬。可我的虚荣心不允许自己被别人超越——哪怕是战士也不行。

猎物越来越近了——大羚羊的犄角像出鞘的长剑，阳光反射在上面；角马笨拙地动着身子；斑马迷惑性的鬃毛在风中飞扬；还有那几百只狷羚和大角斑羚——它们的身躯在阳光的勾勒下清楚地映入眼帘，我的心情急切得像是着了火，完全把同伴抛到了脑后。

男爵和我借着草丛的掩映慢慢挪着步子，逐渐接近猎物圈的外围，蹄子踏地溅起的土腥味扑面而来。男爵停下脚步，我俯下身子。我的呼吸有点凌乱，而男爵似乎屏住了呼吸。

在距离不到一百码的地方，一只狷羚站在高草里，身子被遮住一半。阳光洒在它的身上，抚摩着它浅褐色的光亮皮毛。它好像柚木雕出来的一般漂亮，时光则把它打磨得越发精致。它一动不动地站在那儿，好像静止了一样，那是它警觉的防备。它的肩膀很高，从肩膀到臀部的线条几乎没什么起伏，这是在警告我们，它有的是力气和速度。

我似乎从未想过，猎捕一只身形更小的动物才是明智之举。只有马一半大小的狷羚，跑得比大多数马都要快，耐力可能也更好，眼前的这只会是个不小的挑战。我无法拒绝这样的挑战。我四下看了一眼，一丝恐惧掠上心头，周围一个人都没有，只有男爵、狷羚和我——全都一动不动，屏住呼吸。草停止了摆动，就连小鸟也没了动静。

我趴下身子，凑到男爵的脖子旁边，轻轻低语着，兴奋的心情被压制成细碎的片段言语。我放松缰绳，让它放松头颈，我把手放在它的脖子上，跟它说话，告诉它那些早已知晓的信息："是个大块头，最大的一只狷羚，它现在离了群，形单影只的，咱们肯定能拿下它！小心，千万要小心！"

男爵很小心，我看见的它都能看见，它知道的我不一定知道。它竖起耳朵，鼻孔微微舒张，肩头的肌肉硬起来，好像绷紧的皮带。两相对峙，狷羚也感受到了这股紧张的空气。它仰起头，身体发抖，嗅着空气里的味道，随时准备逃走。

"就是现在！"

我抑制不住了，命令猛地冲出嘴唇，划破了周遭的宁静。受惊的飞鸟冲上天空，狷羚一蹦老高，回旋奔逃，我们随机而动——它是我们的了。男爵开始全速奔跑，浅褐色的猎物踏起浅褐色的尘土，隐匿其中。我不再是一个骑在马背上的少女，我化身为尘土，化身为迎面之风，化身为马蹄的怒吼，化身为男爵的勇气和狷羚的恐惧。我化身为万物，任谁也无法改变。

我们在奔跑，在竞速。狷羚飞驰向开阔的草原。左边是数千只蹄子踏地的巨响，还有男人的叫喊，那是愤怒的吼叫，他们有愤怒的权利。我犯下了不可原谅的错误，我惊跑了他们的猎物，但我控制不住。

现在只剩我们了——男爵和我——负罪感也无法压制住我们前进的脚步。

赢了，输了，扯平了。我握住挂在大腿上的左轮枪，从枪套里拔出来。我之前用过类似的枪械，但跟这把不一样。之前的枪端在手里沉甸甸的，但现在它变得没了分量，握在手里刚刚好。就是现在，我默念着，不能错过这一刻。

石头、蚁穴、勒勒什瓦丛、荆棘树，所有这些都在眼前掠过，我却什么都没看到，它们变作一道道飞逝的彩带，如梦似幻，转瞬即逝。时间停滞了，像大理石一样凝固。只有男爵在向前跑着，伸长的肌肉被意志引导，形成稳步向前的节奏。

近了，更近了。男爵自发地转向左边，避开狷羚踏起的尘土，让猎物暴露在我的瞄准镜前——我瞄准了。我把枪举到肩膀高度，手臂有些摇摆，再放得低些。不。太远了，我瞄不准它。快点！胡乱开枪毫无意义，我要一枪击穿它的心脏。再快点！加速的指令在我的唇边蓄势待发，但我知道，不用出声男爵也会明白我的意思。它的头放得更低了，脖子又抻长了一点。想再快点？没问题，看好了——这才叫更快！

它跑得更快了。我再次举起手臂，开了两枪，狷羚踉跄了几步。我觉得它的脚下乱了章法。好像有点摇晃，但我不确定。或许都是我的想象吧，或许也只是我的期望。突然它开始转弯，向右侧猛冲，但男爵比它更懂战术，还没等我调整好重心，男爵就已经从右侧包抄上去。

接着，神奇的事情发生了。我想要再开一枪，但我做不到——射击的目标不见了。它跑了——到手的狷羚跑了。它就这么凭空消失了，好像天神给了它一对翅膀。男爵放慢了速度，我的手垂了下来，嘴里念叨着自己的失败，迷惘地望着前方。

没错，一定是有一条干沟——平原上的一处坑地，比其他的小坑都深，长满了高草，侧面光滑似墙壁。我们的头奖一定是冲了进去，被干沟吞没，除了跟进去我们别无选择。

　　但这只是我的一时冲动，男爵可不这么想。它左右看着，突然一阵紧张，身子紧绷起来。它慢下步子，小步跑着，不疾不徐。它在干沟边缘停下来，沟壁光滑，我一眼就在高草丛中看到了那只狷羚，开始急躁起来。

　　"冲啊！抓住它！"

　　我头一次拍了男爵几巴掌，怂恿它向前走。它迟疑了，没有时间可以浪费。它为什么要让我失望？为什么要在这个时候停下来？愤怒和沮丧占据了我的头脑，我不能就这么空手回去，绝对不能。

　　"现在，快上！"

　　我用鞋跟使劲踢着它的肋骨，两手紧紧地抓住缰绳，左轮枪已经蓄势待发——男爵是个士兵。它不再质疑我的命令，强壮的身子半走半滑地冲下了干沟，它的脚底很稳，但下沟的角度和飞扬的尘土还是让我夹紧了马镫、闭上了眼睛。很快我们冲到了沟底，回到了平地上，绵延的草丛上还挂着晨露——狷羚留下的痕迹就在眼前，清楚极了，我们跟了上去。

我们忘了时间，却也跑不起来。猎物藏起来了，一定是藏起来了。现在我们再次开始追踪，现在我们要猎杀它。当心。别出声。看仔细，别错过一点动静，枪上膛，两手准备好。

我准备好了，男爵还没有。它有点不一样，好像不再和我一条心。我感觉得到。它回应了我，却不再在意我会给它什么指示。有些事情让它担心，我也觉得紧张——是它把这种紧张的情绪传给了我。我不会受影响，太傻了。

我四下看着。陡峭的沟壁三面包围了我们，下来要比上去容易得多——眼前什么都没有，只有望不到边的树丛和高草。尽管如此，还是有一条出路在前头——径直走，穿过草丛。狷羚走的就是这条路，这也是我们要走的路。

"走啊！"

我又猛踢了一下男爵的肋骨，它向前挪了一步——只有一步——就像冻住了一样。它没有发抖，但看着它的耳朵和眼睛，还有纯粹的意志的力量，都让我不敢再出声，身子僵直，清楚地知道我们陷入了危险之境。

一瞬间，我感受到了这种危险，也同时看到了它。闪着光的草叶后面，柔软的绿草丛中间，露出了一个黑色的头颅，一双深邃的眼睛里冒着火。它的头上立着两只为战斗而生的尖角，像手术刀一样，那是致命的武器。尽管我年轻，但仍是非洲之子——我知道那意味着什么，毫无疑问，眼前站着的正是整个非洲大陆最令人胆寒的杀戮机器。

更糟糕的是，我们的挑战者不是一个，而是一群。十几头非洲水牛出现在草丛间，组成坚不可摧的铁链，挡住了我们的去路——背后是光滑的绝壁，没有半点机会。我条件反射地举起了左轮枪，但我很快就意识到这一点用都没有，这种时候，哪怕是来复枪也都像废铁一样。我感觉到自己仅有的那点勇气慢慢溜走，年轻人那种天不怕地不怕的气焰逐渐泯灭，消失在怦怦的心跳里。我一动不动，根本就动不了。一只手死死地抓着缰绳，却好像手里空无一物，左手的手指拉着男爵的鬃毛。我一句话也没说，心里却止不住地呐喊：我害怕。我什么都做不了。全靠你了。

如今，我还能清楚地回忆起那个时刻，把它写下来。距离那次干沟之围已经过去了很多年，我的年龄也翻了三番。有时难免自我嘲讽，自己也该比那个时候聪明三倍了吧。然而那时的我尽管年幼，却很明白非洲水牛的脾气。我知道在开阔的平原上，遇见一群狮子比遇见一群水牛要安全，甚至比撞上一头落单的水牛要安全。这是人人都明白的道理——除了那些业余的猎手，总喜欢把"狮子"挂在嘴边。如果没有外界的刺激，很少有狮子会主动攻击人类，这跟大部分水牛正好相反。狮子的进攻通常迅速且致命，如果没有一击制敌，它们也不会坚持。狮子不会跟踪你，但水牛会。水牛是诡计多端的动物，和围捕它的猎手不相上下，每一次它杀死一个人，都是在祭奠每一个命丧猎人之手的同类。它的角会刺伤你，把你掀翻在地，用蹄子猛踩在你的身上，直到把你踩碎。

我还记得当时的我骑在男爵背上，所有关于水牛的传言在头脑中飞速闪过。我记得自己的手指钩着左轮枪，枪突然变得越来越沉，而水牛群排好阵形，靠得越来越近。

牛群围成了半圆，挡住了干沟唯一的出路。它们并不着急进攻，也没必要着急。它们知道，每个可乘之机前面都有一对锋利的牛角，身体间的缝隙也都被光亮黝黑的牛皮填满了。它们的眼睛又小又圆，红如玛瑙，好像燃着火。它们迈着缓慢而悠闲的步子逼近我们，身上的怒气仿佛对我施了催眠术，令我根本动弹不得。

我不想思考，因为思考的结果只能让我更清楚，身后围着一圈根本爬不上去的土墙。

距离最近的水牛抬起了头，那是准备进攻的标志，我举起左轮枪，油然产生一种陌生的割裂感，我看到自己的手在抖。这不是什么好兆头。我心里想着父亲，恐惧变成内疚又回归恐惧，最终却释然了。好了，就这么上吧。来个了断。那么多人经历过的事情，今天终于轮到我的头上。但我忘了还有同伴。男爵一直没有动静，既没有发抖，也没有吭声。

人们总能找出千万种理由来解释动物的行为。你可以说它们是怕了，慌了，不动脑子，也不讲道理。但我知道这都是错的，我知道男爵此刻正在思考，尽管在如此危急时刻，你会觉得它的行为多半是出于恐惧，而不是冷静。

它转过身，猛蹬蹄子，一瞬间尘土飞扬。接着，它高高地腾跃起来，把整个身子的重量都压到后腰上，肌肉好像绷紧的弹簧。它朝着最远最陡的沟壁跳上去——身后如鼓声雷鸣，牛群像炸了锅一样。

干沟差不多有一百码宽，在远端合为一体。我还记得近在咫尺的土墙挡住了我全部的视线，什么都看不见，只听得身后低沉的巨响，那是毁灭一切的声音，竟有种催眠般的魔力。那声音里充斥着自信和威严，却不急躁，没什么高低起伏，甚至都不怎么吓人，但足够沉稳——让人无法逃脱。

又过了一分钟，我记得——至少有一分钟。那是漫长的一分钟，六十秒，六十秒足够你尝试所有的求生手段了。

男爵又转了方向。我不知道它是如何做到的——我不知道，在如此高速的奔跑中，它的转向怎么能这么迅速又漂亮，还让我能端坐在马鞍上。但我知道，我们又一次与距离不到一百英尺的牛群正面交锋了，它们躁动依旧，但其实已经输了，从战术上败了，这场硬仗它们赢不了了。刚刚的铁桶阵已经被冲破，队形散得一塌糊涂，牛群的阵线七零八落，漂亮上挑的牛角阵里被撕开一道口子，足够一匹马，甚至两匹马全速通过。

男爵瞄准了最宽的口子，冲了过去。它朝着干沟的尽头奔去，快活得好像一只小苇羚，我仿佛听到了它心底的笑声。直到干沟被我们远远地甩在后面，太阳炙烤上我们的后背，男爵的身上被汗水浸透，我们才放慢了步子，沿着车辙印向农场走去。

我还记得在我策马经过的时候，父亲和丹尼斯上尉正在家门口谈话，他们的脸上似乎挂着笑，但我不确定。我什么都没说，他们也什么都没说。几天后，士兵们离开了。又过了五年，我才再一次听到了男爵的名字。

是父亲先提起来的。一天晚上，我们坐在桌前，同桌的还有一位东非步枪队的上校。他算不得仪表堂堂，一张大脸总是红通通的，好像卡通片里的人物——或许是因为他没穿制服吧。

战争已经结束了，战士们又回到了农场——只有一部分战士。上校告诉父亲，威尔逊侦察兵里面，只有少数几个活了下来。父亲问起了丹尼斯上尉，上校的脸更红了，嘴角挤出一丝苦笑，似乎这话题让他有点不舒服。

"丹尼斯，"他说，"是啊，就是他。我们一开始都对他充满信心，后来才发现这人就是个呆子。为了一匹马搞得疯疯癫癫的。"

父亲和我互相看了一眼。"男爵。"父亲说。

上校点点头："就是它。男爵——大块头的禽兽，头像个弹壳似的。我记得它。"

"发生了什么？"父亲问。

上校咳嗽了一声，一只大手放到桌上，耸了耸肩膀："发生了很多事。有一天晚上，指挥官派丹尼斯穿过冯·莱托的防线去查看敌情，在乞力马扎罗南面。那可不是个容易通过的地方，他骑着那匹笨手笨脚的杂种马就那么过去了，或者说是差点就过去了。就这样。"

"他中招了，是吧？"父亲接着问道。

"手榴弹弹片击中了他的脸，"上校说道，"不是什么致命伤，再坚持一下就能完成任务了。他一直跟那匹马在一起，那马差点就把他送回来了。接着丹尼斯就做了傻事，违抗了军令。说什么一定得救那匹马。真是个不可救药的傻帽。"

父亲点点头，什么都没说。

"不可救药的傻帽，"上校又骂了一遍，"他离我们这边连一英里都没有，带着我们所有必需的情报——就这么放弃了。"

"难以置信。"我说。

"没什么不能信的，"上校愤愤不平，犀利的眼神直盯着我，"都是因为那匹马。那家伙突然就倒地不起了。丹尼斯发现它被击中了肺部。男爵倒在地上，丹尼斯却不肯离开它——就在那儿傻坐了一夜，脸都被炸掉了半个，却还想要救那匹马，一直把马头抱在怀里。"上校看着父亲，怒火油然而生，"他违抗了军令。你明白吗？"

父亲笑了笑，夹杂着喜悦和忧伤，他咬了咬嘴唇，说："当然明白！军令就是军令。战争年代哪儿容得什么伤感。你一定把丹尼斯上尉送到军事法庭了吧？"

灯光悬在头顶，父亲的话音落下，良久的沉默里，只有马灯在微微作响。沉默成了语言——那是上校的沉默。他看向我们，看向桌子，又看向手掌上粗糙的纹路。就在我们以为上校会一直这么沉默下去的时候，他突然出了声。

他站起来。"总要花点时间，"他说，"最后丹尼斯还是痊愈了，但男爵死了，死在了我们的枪口下。不过最后我还是嘉奖了他们，他们两个——上尉还有他的马——因为他们的勇气已经超越了军令。你看，"上校气冲冲地补充道，"恐怕我也是个不可救药的傻帽。"

《上尉和他的马》是柏瑞尔完成的第一篇短篇小说，那是1943年，她正住在纽约。这是根据真实故事写成的小说——第一次世界大战期间，确实有一队士兵和马匹来到过恩乔罗农场。我1986年采访柏瑞尔时，尚未读过这个故事，但她留有一页手稿，我们就手稿展开了讨论。她还能回忆起那匹马，关于那个男人的记忆却所剩不多，但她还记得和他一起打板球，学习用左轮枪。

在文中，柏瑞尔给这匹马起了个诗意的名字，但那匹马真正的名字"可能是吉米那种可笑的名字……我记不太清楚了"，她说。但柏瑞尔的一生中，确实拥有过一匹叫作"男爵"的马。那是她开始驯马事业时最初的几匹赛马之一，男爵也同时为她的好友——情人汤姆·坎贝尔·布莱克所共有。

文中的故事可能发生于1915年年初，因为同年晚些时候，柏瑞尔就被送去内罗毕的学校了。1917年她因煽动学生造反而被学校开除，重新回到恩乔罗农场，成为父亲赛马队的"头号人物"。而那时的柏瑞尔显然要比文中的女孩大上一些。

小说出版后，柏瑞尔在霍顿·米夫林出版社的编辑便写信给他们共同的朋友——南非作家斯图尔特·克卢蒂，问他是否看到了柏瑞尔刊载于周刊上的"关于马匹的杰作"。克卢蒂的回复似乎有点恼火又耐人寻味：

是的，我看到了柏瑞尔"关于马匹的杰作"，你很快也能在下一期《科利尔周刊》（《斗士》，首次刊载于《科利尔周刊》，1943 年）上面看到我同样杰出的作品。我在柏瑞尔之前就写完了这个故事，还在纽约读给她听。

心怀邪念者蒙羞 [1]……

（本文首次刊载于《妇女家庭杂志》1943 年 8 月刊）

---

[1] 原文为法语 "Honisoit qui mal y pense"，是英国皇室徽章上的一句法文。

迷人的流浪

　　还有最后一段铁链在束缚着它，铁链的尽头就是那两个瑟缩在厚重缰绳旁边的男人。它蹬起前腿向上跃着，一次更比一次高，金色的鬃毛在空中飞舞，好像舒展的大旗，肆无忌惮地蔑视这一切。

　　这匹公马有着星宿的名字，当它从天堂坠落，人们便轻松地认定，它配不上这么好的名字。人们喜欢看明星们跌落神坛，但里戈的坠落，于我意义非凡。不仅是我，还有他——那个身材矮小的男人，袖口破破烂烂，皱巴巴的旧帽子垂在眼帘。他有着温顺的目光，我知道，这不光要靠时间的打磨。

　　故事发生在英格兰的纽马科特，查理一世在那儿举办了第一场赛马大会，此后纽马科特便因为是皇室赛场而成了赛马界的圣地。各个阶层的人拥入纽马科特，奔着比赛，还有十二月的展销会。这些人来自四面八方——有的来赌马，有的来买卖马匹，也有单纯来朝圣的，想亲眼看看在《种马手册》里大放异彩的明星们。毕竟，这项国王的运动也能让每个人都享受其中。

十二月的英格兰总是苦寒天，这个十二月也不例外，冻雨拍打着高楼和大树。我还记得纽马科特的赛道位于小村下方的一片空旷低地上，就好像脏毯子上散着的一大圈钻石。那里洋溢着节日般的热闹气氛，而我却兴奋不起来。肯尼亚的马厩已经成了我谋生的手段，这次过来是给马厩里添些新鲜血液，所以我必须像个严肃的买手一样，脑子里打着算盘，心里念着谨慎。挑选良驹并不容易，再加上投入巨大，做出决定因此难上加难。

我紧挨着拍卖场地的边缘坐下，场内的喊价一路飙升，好几次惊得我忘了呼吸。随意地一举手，就加高一万基尼，不管是为了买马还是买别的什么，都让我觉得像是天方夜谭。我手里攥着五百英镑，一心等着里戈出场。我还记得当时的感受，每一英镑都像是我的孩子一样，这感觉真稀奇。我耐心地等待着里戈，六千英里的奔波只为把它买到手。但我并不担心有人会从我的手上抢走它，因为它是个没人要的弃儿。

里戈血统高贵，追根溯源，甚至比不少英国人的血统都要高贵——它还有显赫的战绩。毫无疑问，这样的良驹至少要卖上一万基尼。但我知道它卖不到那个价钱，因为它杀了人。

它杀了个男人——不是意外砸上了他，也不是嬉戏的时候把他甩下了鞍子，而是在马厩里，用蹄子和牙齿杀了他。这不是它唯一的伤人记录，但确实是最骇人的一次。也有一些人因为里戈成了跛子，长此以往，只要这马还活着，就还会有更多人因为它瘸了腿，甚至丢了性命。人们说它野性难驯，但它又不是个人，无法因为自己的罪行被绞死。但人们可以抛弃它，就像抛弃那些罪犯一样。它可以被送去拍卖场。然而，赛马场的铁规矩让它终生不能踏上场地半步——谁又会愿意买这样一匹马呢？

我是愿意出价的一个——现在看来应该有两个人愿意为它花上一笔钱。只要价格够低，我愿意把它带回去，因为我还年轻，我不怕失败。我相信只要花上足够的时间，加上运气和技巧，这匹马完全可能被驯服，这是它的血统使然，尤

其是它的血统使然。我相信它可以变得温驯。然而，拍卖场
上的一幕让我觉得难以置信。生平头一次，我看到有人能只
靠手掌的轻轻一触，便瞬间熄灭一颗愤怒的心中长久难平的
愤怒之火。

我第一次注意到那个小个子男人的时候，拍卖会已经开
始了一段时间。我一下子就注意到了他，因为他跟这里的氛
围格格不入。他坐在几条长凳之外，手指交叉在一起，放在
膝盖上。每当有马匹入场，他的眼神就紧紧地盯着下方的场
地。拍卖员为每匹马都献上了无数溢美之词，他仔细听着，
谦恭得好像参加弥撒的教民。他从没动过。周围尽是些身着
华服的男女，再多的英镑和基尼在他们看来都是乏善可陈的
东西。在这群人中间，他格外显眼。就好像一块花岗岩被放
进了珠宝店的橱窗，灰扑扑的，呆立在璀璨的星光里面。

你看他的脸就知道，他是个爱马的人——就好像你看一
眼他身边的那些面孔就知道，他们买马不过是赶赶时髦。这
些人都是盲目的邪教分子，只有他才是真正的信徒。他有一

双灰色的瞳孔，薄嘴唇，皱眉蹙额，这样的面孔后面往往隐藏着一个热切而孤独的灵魂。我猜是他肩膀的姿势和举止让我相信，这人曾经是个骑手。

一匹一岁大的小马进了场，接着又是一匹，人们静静地翻着拍卖手册。拍卖人的声音清晰明亮，音调鲜有起伏，缓缓吟诵着拍卖商品的绝妙之处。仿佛施了魔法一般，一连串数字被礼貌地喊了出来和他的声音遥相呼应："一千基尼……两千……三千……四千……！"

我又想起了那场拍卖的场景，一切仿佛历历在目。

"五千，有人出价吗？"拍卖人期待的目光扫过观众席，马夫牵着小马轻盈地绕场一周。有那么一瞬间，场内几乎没了任何声响，突然一个粗鲁的声音喊了出来："五千！"小马被卖掉了，伴随着观众们一阵来了又去的议论之声，礼貌地赞许着买家的眼光。

拍卖就这么继续着，马一匹接着一匹上场，直到手册接近尾声，观众散去不少，我的手指终于找到了那个名字，里戈，出现在手册的最后一页上。我直了直身子，轻轻屏住呼吸，忘掉人群，忘掉那个小个子男人，甚至还有一部分自我。我认得这匹马，它是哈里昂的儿子，母亲是邦迪——哈里昂是战无不胜的骏马，而邦迪是一匹出色的障碍赛马——没有任何赛马能继承如此完美的血统。不管是不是一匹杀人马，里戈的战绩显赫，每一场都赢得干净漂亮。如果上帝和巴克莱银行站在我这边，它一定能和我一起回到非洲。

最后，它终于出场了。拍卖场宽阔的入口处，出现了两个强壮的男人，中间站着一匹骏马。这两位马夫的身材比一般的马夫魁梧不少，看来是经过了特殊的挑选，两人手里各攥着牵引链的一头。在牵引链和嚼子之间，距离马嘴较近的一段还装了一小段钢条——钢条，好抓，好用。肚带紧紧地勒在马肚子上，用一条粗皮绳穿过金属环固定好，难免让人联想起精神病人的约束衣。

两位马夫牵引着马匹缓缓向前挪动。这两个人身材高大，看起来却好像巨大的肩膀旁边站着侏儒一样。里戈是我见过的最高大的纯种马，也是最漂亮的。它披着栗色的外衣，点缀着白色花斑，鬃毛和尾巴几乎全是金色。它的脸上贯穿一道白色的印记——又宽又直，直截了当地附在鼻梁上，这是里戈独特的标志，代表着它所有的罪过，震慑住人们全部的缄默。

它就是里戈，低头看向拉住牵引绳的马夫，就好像是被俘的国王，睥睨着俘虏它的士兵。它不会屈从，天生一副反骨，没人敢放言能降伏住它。它不情愿地抬起僵直的蹄子，走进拍卖场，深红色的鼻孔朝着观众席扇动着，人群里还是一片寂静。这些人喜欢的是住在漂亮围栏里的温驯动物，是挂在墙壁上仪态万千的精美的良驹画片，而不是他们眼前的叛逆恶兽，这头恶兽死死地盯着观众席。

它的眼睛里燃着怒火，或者那只是恨意。它的头颅轻蔑地高昂着，脖子傲慢地呈现着弧线。突然，它的前蹄离了地，高高地腾跃起来——它没了耐性，蹄子重重地踏在鞣皮上，这一切它看不上——牵引绳一下子绷直了。长长的缰绳被紧紧攥住——当心地攥住——绳子尽头的马夫看向拍卖人，眼睛里满是急迫的神色。

拍卖人举手示意大家安静，但此刻安静早已充斥了场地，没有人说话。大家都知道里戈的故事——它的血统、它的战绩，当然还有它的反抗和它的罪行。谁会买这么一匹被众人抛弃的恶马呢？拍卖人摇摇头，似乎在说这就是个邪恶的玩笑。但他会尽力的。他仪表堂堂，经验丰富，现在，他清了清喉咙，面向观众，脸上的表情似乎是要开始辩护。

"这只迷人的动物。"他开始了，但没有说完。他不知如何说完。

里戈扫视着沉默的人群，鼻子嗅嗅凝固的空气，它——风的精灵——知道这不见天日的神庙是对它的羞辱。它似乎也知道，还有最后一段铁链在束缚着它，铁链的尽头就是那两个瑟缩在厚重缰绳旁边的男人。它蹬起前腿向上跃着，一次更比一次高，金色的鬃毛在空中飞舞，好像舒展的大旗，肆无忌惮地蔑视这一切。它抽打着空气，升腾的愤怒让它颤抖，人们都探起身子，向前扒望着。

一个马夫像猴子一样拉紧了牵引绳，被拽了个趔趄。他那不够顽强的同伴，直接可耻地摔倒在地，更多马夫——足有十二个——一股脑冲进场地，这些人高声叫着，使劲地挥动手臂。他们跑着，低声骂着，抓缰绳，拉链子，拽铁环，冲着里戈扑上去，好像要征服巨人格列佛。它却逐渐平息了下来。

里戈似乎是在鄙视这场闹剧，它收回前蹄，重新站定在鞣皮上。它一个人没杀，一个人没伤，但他们对着它的嘴一通猛击。他们围住它，为它火暴的脾气更添了一桶油，拍卖人已经缩到了后面。

他叹了口气，观众席都多少能听到他的叹息。他举起两

只手，继续他的演说。"我到底，"他的声音里满是疲惫，
"在拍卖什么？"观众间传出了一阵笑声。靠这种自以为是
的小聪明，确实什么都卖不出去。

但我要买。我的声音在场地里回荡，好像山洞里的回声，
里面还洋溢着胜利的喜悦。我不畏路远所向往的，此时志在
必得——我要得到里戈。

"一百基尼！"我站起来喊出了报价，拍卖人一脸震
惊——不是因为我出价之低，而是因为他没有想到真的会有
人出价。他从场内向上看着我，满是难以置信的神情。

他举起手，慢慢地重复了我的报价。"有人出价，"他
说，"一百基尼。"

没人出声，但我能感受到人们的目光，我看着拍卖人的
手。他的手一旦放下，这匹马就是我的了。

但他的手没有放下，还在半空中举着，白皮肤的手，充满期待，引人注目。这时传出了另外一个声音，轻轻的却充满挑战。"两百！"这声音说道，不用转身我也知道，是那个小个子的骑手，是他在追加价格。但我还是转了身。

他没有从长凳上站起身，但目光确实落在我的身上。他的手里攥着一捆钞票。从票面的颜色看，我知道那都是些小面额的纸币；钱皱皱的，一定是攒了不少时间。附近的人都盯着他看——似乎是被吓到了——在纽马科特的拍卖场上，怎么能出现纸币这么粗俗的东西。

我没被吓到，也没感到同情。突然，我多出了一个对手，我一定要小心。我来这里的目的明确，不能感情用事，我一定不能被打败。我想着肯尼亚的马厩，想着饲料的账单、马夫的费用，还有那些我尚未拿下的比赛，这些都是我在这个变幻莫测的行业站住脚的关键。不，我现在一寸也不能让。我没有多少钱，他也没有。不能再多加了，我想，这些钱应该够了。

　　我迟疑了一会儿，看了看那个小个男人，他也把目光投向我。我们两人就像牌桌上的赌徒，赌着对方没有亮出的底牌。我们四目相对——冷冷的眼神互相对峙。

　　我挺直身子，拍卖手册在手里皱成一团。我舔了舔嘴唇，喊道："三百！"我的声音坚定，平稳，希望能给我的敌手有力的一击。这似乎成了我的一厢情愿。

　　他看着我，没有一丝微笑，那眼神好像是在看着诋毁他的人。接着他默默地点了点钱，给出了报价："三百五十！"

　　人们的兴致突然被调动起来。所有的人都发现自己成了见证者，不仅见证着拍卖结果，更是见证着一场比赛，一场意志的比拼。他们调整了座位，饶有兴趣地看着我们两个，好像我们是一对手持长剑的决斗者。

　　但钱才是武器，里戈则是奖品。对我来说，这是个大奖，我的敌人一定也这么想。

我沉思着，用力地想着，决定再多加上一百。不是二十、五十，是直接加一百。或许我能因此一击制敌，我不能让他知道我能加的也不多了。我要让他觉得我是个大方的买手，小数目的堆加让我厌烦。他可能会因此忧郁，甚至退出，我要让他胆怯。

我一直保持着站立的姿势，尽量保持着冷漠的音调，给出了那个数字："四百五十！"拍卖人似乎松了一口气，争夺的胜者即将出现，愉快的神情在他的脸上浮现。

人们全都着了迷，这场英镑和先令的战争竟是为了争夺一匹没人要的弃马。我心心念念，只希望这样的热情不要怂恿出第三位竞争者。但我不用担心，里戈替我摆平了一切。

小个子骑手听到了我的报价，我知道，他已经败了，或者至少可以说，差不多败了。他早已把手里的钱数了不知多少遍，现在又数了一遍，灵巧的手指快速翻飞，仿佛寄希望于上一次数错了金额。

　　我的心里涌上一阵同情，但很快压了下去。驯马不是我的爱好，是我谋生的手段。我等待着他的最后一次报价，我知道一定是最后一次，时候到了。他第一次从凳子上站了起来。他还是那么矮小，那么孤独，身着盛装的人群给了他注目，却改变不了任何事实。但他不在乎。他的眼里只有那匹马，我能感受到他的热切。我见过那种眼神，那是水手投向完美船只的眼神；那是飞行员扫过飞机干净、流畅轮廓时的眼神。那眼神里有敬畏、有欲望，甚至还有希望。

　　小个子男人的面孔微微转向拍卖人，清清喉咙，给出了报价："四百八十！"他的声音里藏着一丝失望，我不会弄错，但我强迫自己不要去想。现在，最后的时刻到了，我告诉自己，大奖是我的了。

　　拍卖人接受了报价，看向我，同时看向我的还有一百个观众。肯定有人觉得我疯了，或者就是个毫无经验的傻瓜。他们看着我，"五百"两个字已经挂在了唇边，但我最终没有喊出来。

里戈在整个拍卖的过程里被完全忽视了，尽管这是围绕它的买卖。它静静地站着，很少挪动，尽管它刚刚结束了对于自由的短暂争取。现在，到了拍卖的关键时刻，里戈的耐心似乎用完了。它火暴的性格点燃了愤怒的火焰，也掀翻了包围它的一圈马夫。突然，场地里爆发出叫喊声、警告声，铁链子哗哗作响，皮带断成两截，观众都赶忙跳了起来。里戈挣脱了绳索，甩开俘虏它的士兵，独自站定。

这场景太美妙了，但也透着恐惧。一匹纯种的骏马，眼睛里满是愤怒，除了新手，每个人都避之唯恐不及。你若是亲身感受过这高大的身躯里所蕴藏的力量、速度和智慧，一定会下意识地屏住呼吸。你会知道它的牙齿能咬断骨头，它的蹄子能踏碎一个人。而里戈的蹄子就踏碎过一个人。

它独自站在那儿，脖子弯曲，金色的尾巴好似战旗。它慢慢地转过身，故意面对着那些四散奔逃的人。他们并不缺少勇气，只是缺乏智慧。鞭子不能让马驯服。十个人的力量都抵不上马蹄的一击，十个人的经验也不足以驯服这些精灵，因为它们难以预料，无法捉摸。没有人能做好万全准备，没有人能应付一切。

我看着，我听着，"五百"这两个字在我的唇间湮灭。这匹马不再悄无声息，它发出挑战的嘶鸣，好像划破冬日的朔风，那么冷酷，那么无情。它的前蹄踢开鞣皮垫，拍卖会彻底被忘在了脑后。

一个男人站到了它的面前——这人比大多数人都更有勇气。他的手里什么都没有，只有一个看起来毫无用处的练习鞭。确实没有，那不过是一根绑了皮子的细细的棍子。这东西只能激怒里戈，因为它从前在人类手中见过，它知道那是什么意思。这样的东西不会造成多大的痛苦，但它代表的意义足以激怒里戈。它代表的，可能是狭窄漆黑的马厩，是咬在嘴里，永远取不出的一段钢条，是紧绷的肚带，是被强制在众人面前飞驰、慢走、急停、巡游的命令，还可能是被迫接受非法从土地里收集来的可怜的一丁点食物。它代表着永远无法亲近土地的一生，是骑手缎子外套上的消毒水味，还

是套在冠军头上的僵死花环。它意味着奴役。里戈已经推翻
了它的君王。

里戈猛地向前冲了起来，手拿鞭子的男人来不及躲闪，
他举着那根小棒，绝望地挥着。他用尽全力地喊着，但人群
的嘈杂声很快淹没了他的喊声。里戈的脖子伸出了拍卖场，
直直的，像一把军刀。场子里尘土飞扬，耳边都是男人的呼
喊和女人的尖叫。里戈的牙齿马上就要够到它绝望的敌人，
咬上他的肩膀了。

男人挣扎着，扔掉了鞭子。他的眼睛里只剩下了恐惧，
可能还有痛苦。他的脸上一片灰白，已经失去了血色，他祈
求的面孔好像那些绝望之人，面对着突如其来的惩罚。他用
力击打着里戈金色的头颅，里戈的愤怒让人们兴奋。理智已
经没了踪影。一时间，场上奇迹般地出现了无数的棍棒、鞭
子，还有铁链，一大群人冲向了里戈。他们是愤怒的人，怒
气使他们勇敢，他们是正义的化身，做着正当的事情。他们
冲了进来，骏马放开它攻击的男人，那人赶快跑开寻求掩护，

手紧抓着肩膀。

我站在那儿，像在场的每个人一样。这场面奇特得不真实：一个被困住的愤怒生灵，那么漂亮，那么孤独，远离同伴，远离它所有能够理解的事物，等待着它渺小的主人给它惩罚。当然，它会害怕，但恐惧只会累积成为疯狂。如果它能逃走，它一定会离开这个地方，丢掉它的恐惧和仇恨，不顾一切地离开这里。但它跑不掉。场地的围墙太高了，门也上了锁。身陷囹圄的它被愤怒蒙住了双眼。它要反抗，小小的鞭子无法摧毁它坚如磐石的身体，但每一击都在重重地抽打它的灵魂。

男人们逐步逼近，手里握着绳索、铁链和皮鞭。鞭子举起来了，链子准备好了，战斗的前线已经成型，里戈没有后退。它向前走着，白眼球突出来，镶着玛瑙般的烈焰，深红色的鼻孔翕动着。

接着是一阵透不过气的沉静，小个子骑手像个游魂一样溜进了场中。他的眼睛紧盯着严阵以待的骏马。他跑过鞣皮区，冲进正在不断前行的包围圈，丝毫没有停下的意思。有人拽住了他的外套，但他头也不回地挣脱了，好像平常一样缓缓向前走着，独自来到了里戈面前。其他人没有跟上他，他招手示意他们退下去。他接着向前走，步子很稳，放松又愉快。在他的身上没有紧张，没有恐惧，里戈愤怒地转过身，面对着他。

里戈的位置距离场地的边墙很近，没有后退的空间，它也没打算这么做。现在它全部的怒火都集中在这个渺小的大卫身上，他正在走过来，越来越近。里戈立刻冲了起来，只有骏马才有这般的速度和无敌的气势，好像只有把属于人类的一切都摧毁掉，把所有带着人味的东西都摧毁掉，把所有人造的东西都摧毁掉，才能换来逃脱和自由。

里戈向前冲着，骑手却停了下来。他没有转身，没有举手，甚至没有任何动作。所有人都停止了讲话，仿佛所有人也都忘了呼吸。只有里戈在移动。骑手的眼睛里没有释放出什么催眠的力量，他没有任何法力。骏马紧咬着牙关，马蹄声越来越近，骑手却转过了身。他好像沉着又傲慢的斗牛士一般，站在原地，背对里戈，那生灵却停了下来。

里戈在小个子男人身后，高高举起前蹄，挑衅地嘶吼着，却没有做出攻击的行为。它的蹄子离骑手的脑袋很近，却没有碰上他，它的牙齿也收进了嘴巴。它迟疑着，颤抖着，粗重地喘着气。它摇了摇脑袋，金色的鬃毛抖动着，头垂向了地面。这是一种挫败感——从未有过的一种。这是它没见过的场面——这个人既没有被吓破胆，又没有用鞭子和铁链威胁它。这可能超越了它的记忆——远远地超越了，就好像那匹难以捉摸的母马，让它感到无聊。

里戈突然收起了全部动作，变得僵硬而多疑。它等待着，灰眼睛的骑手转了身。矮个子的男人很平静，脸上挂着微笑。我们都听到他说了点什么，但听不懂。他的声音很低，我们理解不了——那是条咒语。但骏马好像懂了，即便体会不了意义，但至少理解了精髓。它喷着鼻息，一动不动。这时，骑士的手抚上了里戈金色的鬃毛——速度不快，也没有迟疑，就这么随意地轻抚着，好像这双手已经抚摩过千万次。这是属于它们的位置。

人群中传来一阵骚动，接着便是沉默。人们面面相觑，在自己的座位上四下晃动起来，这是一种奇特的尴尬反应，他们没办法接受比自己低下的人却有那么大的本事，能轻而易举地驯服这么一匹烈马。他们都震惊地大张着嘴巴，看着里戈，挣脱了缰绳，只戴着络头的杀人马里戈，跟在它来自小人国的主人——新朋友的后面，走过了拍卖场。

所有的一切仿佛一瞬间就结束了，短暂的时刻。人们开始离席，散场。拍卖员举起了手，吸引了人们的注意。他挥了挥手，人们停了下来。非常精彩，他的手势示意道，但生意毕竟还是生意，里戈还没卖出去。他看了看我，知道我还要继续出价——最后的一轮出价。我低头看着那匹骏马——让我不远万里来求购的骏马。它正低着头，靠在那个要从我手里抢走它的人的肩上。它不再腾跃，一动不动地站在那儿。

它已经变了，至少是现在。

我站直身子，摇了摇头。我只需要喊出"五百"，最终这数字还是没有说出口。我喊不出来。我怨恨自己——就是个多愁善感的傻瓜——我太失望了。但我不能出价。出价太容易了——二十英镑微不足道，但他能给我带来的优势根本无法估量。

不。我再次摇了摇头。拍卖员耸了耸肩膀，跟骑手达成了这笔廉价的交易。

出去的路上，一个老朋友挤到我的身边。"你也没那么想买它。"他说。

"买它？是的，是的。我没那么想要它。"

"这是明智的做法，"他说，"买一匹在整个帝国一条赛道都上不了的马有什么好的？你可不想要那样的马。"

"没错。我不想要那样的马。"

　　我们走到了出口，又一次走进纽马科特刺骨的寒风里。我向朋友提起了那个小个子骑手。"但他想要里戈。"我说。

　　我的老朋友笑了起来。"他当然想了，"他说，"那人自己也被禁赛了十五年。因为什么，我已经记不清楚了。但他们俩本质上是一样的，你看，里戈和麻雀，都是没人要的家伙。他爱马，懂马，比任何人都懂，所以圈里人才那么叫他——坠落的麻雀。"

　　《迷人的流浪》根据真实事件写成，以精彩的笔触带领我们游历马匹买卖的世界。而文中被称作里戈（取自参宿七 [1]——肯尼亚夜晚的天空里最为明亮的星宿）的骏马真正的名字叫作小信差。

　　1928 年，柏瑞尔嫁给年轻的贵族曼斯菲尔德·马卡姆后不久，夫妻俩来到英格兰度蜜月。柏瑞尔的驯马事业已小有成就，培养出包括肯尼亚圣·莱杰经典赛等多项赛事的冠军马，还有许多小型赛事的冠军马。她十分想要改良自己赛马的血统，所以当小信

---

1 原文为 Rigel Beta Orionis，里戈即 Rigel。

差要在纽马科特拍卖的时候，她便和曼斯菲尔德一起赶来参与竞拍。

小信差的血统比里戈还要好。它的父亲是哈里昂——1916年圣·莱杰大赛冠军。不败的哈里昂的后代中产生了三匹德比马赛的冠军马，而它的驯马师，伟大的弗雷德·达林始终认为哈里昂是他训练过的最出色的赛马。而小信差的母亲菲芬妮拉是最后一匹荣获英国德比马赛冠军的雌马，同年还获得了橡树赛的冠军（1916年）。很难想象出比小信差血统还要好的赛马了，通常情况下，想要拍得这样的良驹要准备一大笔钱，甚至可能连曼斯菲尔德都付不起。

这匹栗色的小马驹生于1924年，展示出了强大的实力，但也是一匹很难管理驾驭的马。1927年，它毫无征兆地杀死了它的马夫，并袭击了弗雷德·达林，后者因此住院数周。达林后来表示，小信差是他整个驯马生涯里，少数几匹真正可以被称为疯马的赛马之一。

尽管曼斯菲尔德表现出极大的担忧，但柏瑞尔十分兴奋，以区区"几百镑"的低价就拿下这匹马。曼斯菲尔德告诉他的侄子查尔斯·马卡姆爵士，在马运到肯尼亚的最初几周，柏瑞尔把它

当成了每天的坐骑。而柏瑞尔告诉好友多琳·巴瑟斯特·诺曼，
她只是"简单地把马放到场地里一周，接着就开始骑它"，但后
来她也承认："怎么说呢，在一开始它确实有点棘手。"

小信差后来成了肯尼亚赛马界一匹杰出的赛马。

（本文首次刊载于《周六晚报》，1944 年 9 月）

第 二 部 分

Part Two

兄弟们都一样

　　他倒下了。尘土、鲜血、青草和狮子刺鼻的气味混合在一起，相互交织，他的耳朵里灌满了愤怒又狂妄的狮吼，间或穿插着同伴们刺耳的高声大叫。

他们都是高个子，体形健美，身板挺直得好像手里的长矛。没有人知道部落的历史，但他们的眼睛里似乎有着埃及人的影子，身子又好像古希腊人般漂亮。他们就是马赛人。

他们的肤色好像旧铜块，和优雅的女伴一起，住在塞伦盖蒂草原上，那是铺在乞力马扎罗山脚下的一大块地毯。放眼整个非洲大陆，迄今为止，马赛人都是最优秀的牲畜饲养专家。

曾经，他们都是战士。他们不曾忘记，也不会让这一传统消亡。走到哪里，他们皆全副武装，却都有着好脾气的秉性。但部落里的每一个年轻人，一旦时候到了，都要向族人证明自己的男子气概。他们必须投身战斗，迎战族人眼

中唯一值得对抗的敌人——那杀死牲畜、劫掠草原的自然

之王——狮子。

　　因此，就在马赛人所谓"小雨之月"中的某个拂晓之前，

一个年轻人必须参加这场试炼，他必须躲在龟裂的石头后面，

紧盯着峡谷投下的深邃影子。在他十六年的光阴里，这个年

轻人，年轻的特玛斯，至少有八年都在等待，等待着属于他

的这一刻。这场景出现在他的梦里，他想象过不知多少遍——

最终的结果肯定都是凯旋。

　　在所有的梦里，他面对着狮子，没有半点紧张，身上满

是勇气，手里的长矛直指他天生不可一世的对手——他总是

赢得干净利落，嘴上还挂着微笑。每一次——都是在梦里。

　　现在不同了。现在，他目光所及的地方，躺着一头真正

的狮子，这一次，他没有笑。

　　他并不害怕这猛兽。他知道，在他的骨头里、血液里，

还有心里，他不怕这猛兽。他是个马赛人，他知道那些传说，马赛人从来不知害怕为何物。

但在心里，特玛斯已经全身发抖。对战斗的恐惧是不存在的东西，但对失败的恐惧或许是真切的，就是真切的。这种恐惧那么真实，他正在经历着——恐惧的来源就是那比狮子更恐怖的敌人，有着令人憎恶的名字的敌人——梅多特。

他想着梅多特，那个趴在高高草丛中，盯着同一片深谷的梅多特。就是那个梅多特，因为一个女孩，对他恨之入骨，百般嫉妒，现在又打心眼里希望他在这个关键时刻临阵脱逃的梅多特。就是梅多特，让失败的幽灵在他头脑中盘旋，直到相信失败是命中注定的东西。

山谷附近还埋伏着十个年轻人，他们都将是这场战斗的亲历者，甚至要披挂上阵。他们跟着这头狮子来到了这里，来到它的巢穴。时候到了，他们便会跳出来驱赶它，激怒它，直到特玛斯站出来证明他的勇气和本领。不管是好是坏，证明的结果都会成为特玛斯的标签，跟随他的一生。

梅多特观察得最仔细，特玛斯的每个信号、每个手势，甚至是呼吸里传出的恐惧都逃不过他的眼睛。梅多特肯定会昭告天下——只要有机会，梅多特一定会大声喊出来："懦夫！"

这样的想法重重地压在特玛斯身上，让他觉得难为情，他抬起头，眼睛里闪着暗淡的光。东边，悬崖像石墙一般遮住初升的太阳。北边，西边，南边，地平线一片混沌，灰色的天空和灰色的草原相互交织，他自己也融化在这块大石头的阴影里。

他有着瘦长的影子，束卡[1]裹在腰间，解放出胳膊和大腿。他的铜质项链和手串闪着光，上面刻着精美的花纹，造型优

---

1 原文为 shuka，意为红格毯子，是马赛人的传统服装。

美，两条细脚踝上各缠着一条铜链子。

　　他的长头发用穿了珠子的线绳绑着，好像一根根黑色的小棍子搭在肩膀上。他的耳朵穿了孔，耳垂被闪亮的坠子拉得老长。他的鼻梁挺直，鼻孔边缘微微凸出。他的颧骨很高，有着硬挺的下巴，眼睛乌黑细长，总挂着沉思的神色。现在，这双眼睛快速掠过放在身边的武器——一柄长矛、一面生牛皮做的盾牌。这些，还有腰间的短剑，就是他全部的武装。

　　他垂下眼帘，眼神锁定在一直盯着的地方。山谷里荆棘丛生，光线还没穿透过来。当第一缕光线穿透山谷，住在里面的狮子就将醒来，那个时刻就到了。

　　一种近乎无助的感觉贯穿了他的全身。他做不到——他，特玛斯，在这场伟大的考验中，表现得和他的同伴们一样出色。他们全都通过了测试，全都赢得了战士的头衔——没有一个人退却。甚至是梅多特——特别是梅多特——都已经证明了自己的勇气，早已做好准备去接受代表成年的长斗篷。
人们唱着赞颂梅多特的歌谣。夜晚的村寨里，牲畜们已经睡
去，老人们拿出蜂蜜酒，女孩子们聚到一起，还有年轻的男
人们，共同为心中的英雄吟诵赞歌。

但没有一首歌是关于特玛斯的。现在还没有，或许永远
也不会有，没有一个人会为特玛斯献上颂歌，一个都没有。

他愤怒地摇了摇头。他不想让她出现在头脑里——凯尔
珍，那个眼神深邃又温柔，总藏着笑意的女孩，和小苇羚一
样优雅的女孩，用金星做名字恰如其分的女孩。但即便是她，
也在深夜里赞颂着梅多特。他对她报以笑容，而那时的特玛
斯，尚未证明自己勇气的特玛斯，只能紧紧抓住黑暗的影子，
让怒火在心中燃烧。他们中间，她到底要怎么选择？一定要
有一个优先，之后再考虑另一个吗？

他的记忆之眼回望着这一切——竟是那么清晰。他甚至
还记得梅多特的讥笑，就在领头的战士把长矛交到特玛斯手

里的那一天。他还记得战士睿智的言语："现在，这武器属于你了。但这只是一根木头、一块钢，毫无意义。直到有一天，它在你的手里，或成为荣耀，或成为耻辱。我们很快就能知道！"

很快就能知道！但梅多特笑出了声。梅多特说："这是柄重矛，我的朋友，特别是对那些瘦弱的人——对某个人来说，简直重于大山。"特玛斯没有作声。他怎么可能装作凯尔珍什么都没有听到，还和她一起站在畜栏边？仅凭她安静又永远充满探求的微笑？她在对谁微笑？是对梅多特和他毫无必要的恶意，还是特玛斯，接受了一切的特玛斯？

他不知道。他只知道自己有点别扭地拿着崭新的长矛走开了。领到长矛的喜悦一下子就灰飞烟灭了。

他往地上啐了一口，诅咒着梅多特——多么刺耳又苦涩的诅咒啊。诅咒无法消除他周身的僵直，紧张之感愈甚。他趴倒了，好像睡着了一般安静，眼睛里只有那道深谷，他仔细听着，钻进来的只有熟悉的沉默。

这沉默意味着一头狮子正在苏醒，晨光穿破灌木丛，唤醒了巢穴中的猛兽。

巢穴里，狮子清醒着头脑，清凉静止的空气让它产生了一丝狐疑。太阳的光柱给它的侧身和肚皮印上了格子图案，身上的短毛闪着光。它黑色的鬃毛长得整齐，前腿的肌肉平缓地舒展着，不见平日的隆起。肩膀上覆盖着金光，好像披着一件金属外衣。

现在，它闻到了人的气味，阳光流淌在它栗色的皮毛上，温暖着它的身体，它的怀疑和愤怒被激活了。它无所畏惧。它用力量衡量一切——或者缺乏力量——人太渺小了。但人的气味点燃了它眼中的火焰，促使它把力量都集中到巨大的爪子上。

它慢慢站起身，没发出一点响动——也几乎没有什么动作——目光穿过墙一般的荆棘丛，向外望去。大地一声不吭，却暗流涌动，它维系着自然的咒语。只是呼吸。

狮子呼吸着，轻松地晃着尾巴，甩出充满节奏感的弧线。它看着附近那几个瘦长的人形，躲在石头后面。

特玛斯也爬了起来，单膝跪在地上，他在等待举起长矛的信号。

他有十个同伴，但能看到的只有两三个——或是一簇绑在战士身上的羽毛，或是不时出现的一条闪光的手臂。很快，他们会从藏身的地方跳出来，马赛战曲会刺穿沉默，接着狮子就会采取行动。

沉默还在持续，冗长得好像迟迟不肯落下的疾风骤雨。特玛斯知道这些规矩，这些守则，他知道要怎么挑战一头狮子，但这还不够，因为他的脑子里回响着那些顽固的、毫无意义的、愚蠢的对于耻辱的恐惧——对于失败的恐惧。他害怕在寨子里听到梅多特没完没了的嘲笑，害怕看到凯尔珍意味深长的微笑。

我肯定会失败，他想着。"我肯定会当着梅多特的面一败涂地，就在他的眼前，她也会看到我的失败。我毫无胜算，"他说，"因为我现在看到自己在发抖。"

他在发抖。他的手里拿着长柄钢矛——要抓不住了，举着生牛皮盾牌的胳膊已经开始发烫，停不住地抖着。如果他知道怎么哭泣，他肯定已是涕泪横流——假如有这个时间的话。

僵持的瞬间转瞬即逝——随它去的，还有沉默。从草场深处，蚁丘的阴影里，石块堆的背后，战士们如火焰一般鱼跃而出，对着等待的狮子发出尖锐又傲慢的挑战，那是战斗的呼啸。

一下子，整个世界缩成了小小一块，让人无路可逃。这里是一片竞技场，高大年轻的男人们身披太阳的金光组成高墙，世界在下沉，里面只有特玛斯和那头狮子。

他不知道是什么时候，也不知道是怎么样从石头后面走出来的。仿佛是战斗的号角把他抬到了半空，放到他现在站着的地方——距离灌木丛十几步开外的地方。他不知道狮子什么时候会出来迎战，但他知道，它就在那儿。

狮子等待着。围成一圈的战士们等待着。特玛斯没有动。

他埃及式的长眼睛扫过那一圈战士。一切都很完美——太完美了。在每一个方位上都有一名战士——梅多特也是其中的一个，把守住狮子所有可能的退路。梅多特站得很近——就在特玛斯右后方一点点。他的盾牌上涂着鲜艳的颜色，那是通过测试的战士才能拥有的标记。他很瘦，神情骄傲，他直盯着特玛斯，注视着特玛斯的每一个动作，尽管特玛斯为数不多的动作里满是迟疑。

　　狮子并没有逃跑，它也不想逃跑。它转动的黄色眼睛里，是火焰在闪烁。那不是恐惧，更不是愤怒，那是被挑战的暴君身上，冷酷如帝王般的不怒自威。它一条前腿的力量就能胜过这群人里面随便哪个铆足了力气的家伙，它的攻击速度是那么快，让人根本无力招架。狮子清楚这些，它相信自己必将取胜。它站在黄褐色的高草后面，鄙夷地看着这些人。太阳越升越高，给这些差不多忘了呼吸的男人添了一丝暖意。

　　狮子会掌管一切。它要在这一群人中间选择一个，向他冲过去。其实，真正决定场面的并不是狮子，因为多少代以来——或许是多少个世纪以来——马赛人中间早已定下了规矩，谁要挑战，谁就必须把狮子的注意力吸引到自己身上。靠手势，靠声音。但更要靠行动，靠勇气。

　　特玛斯知道，他的时候到了。他从藏身的地方站起来，抓紧手中的重矛。他把盾牌挡在身前，绷紧手臂，向前走去，慢慢地，一步接着一步。

狮子的凝视不会让他动摇。但其他的那些眼睛，那一双眼睛——梅多特的眼睛——似乎有着特殊的力量，灼烧着他的脊背，留下无法愈合的伤口。

愤怒开始在特玛斯的血液里流淌。他觉得不公平，在这样一个关键的时刻，第一次对勇气的试炼，为什么他的敌人——那个最挑剔的评审——也要在现场观战。梅多特肯定能看见，他的额头上和嘴唇边挂满了汗珠，他在接近这头困兽。梅多特肯定能看见——或感觉到——他前进的步伐中充满了迟疑——或许，也能听到，他怦怦的心跳！

他死死地抓着长矛，手上的肌肉开始紧绷得疼痛。狮子俯下了身，突然，特玛斯进入了它的攻击范围。外围的一圈战士缩紧队形，他们不再均匀的呼吸盖过了一切声响。

狮子俯身贴近泛红的土地，头向前伸着。四肢的肌肉都绷紧了，身体好像拉开的弓。接着，战士的利刃出鞘，它也亮出了尖牙，选定了它要的那个人。

它选的不是特玛斯。

仿佛是瞧不起那个在前进路上畏首畏尾，一脸无助又毫无经验的毛头小子，狮子的目光快速扫过了他，停留在另外一个更强壮的人身上。他是卡萨罗的化身，是身经百战的战士，是战绩显赫的英雄。

每个人都看在眼里。特玛斯也看在眼里，有那么一下子——令人羞耻的喘息之间——他的心被轻松感湮没了，他觉得放松，感到解脱。他从危险中逃了出来，更是从试炼中逃了出来。他看了一眼围成圈的战士，没人看向他。所有人的行动和思想都凝固了，人们眼里只有"卡萨罗"和那头野兽。

经验老到的"卡萨罗"慢慢单膝跪下，举起了盾牌。狮子也慢慢聚起了全身的力量，准备纵身一跃。接着，一切发生了。

在特玛斯身后，梅多特挥舞的手掌中，一块比玉米粒大不了多少的石头飞了出来，砸向狮子。

这就够了，战斗的螺栓已经松动。

攻击的对象不是"卡萨罗"，如果要它挑选，这位巡游中的荒野之王肯定会首先选择配得上它的对手。但现在，猛掷过来的小石块刺痛了它，它一定要先把背后的罪人置于死地。

它立刻发起了猛攻，但就在这一息之间，年轻的特玛斯竟从一个将信将疑的少年成长为一个男人。所有的恐惧都消失了——所有对恐惧的恐惧——就在这猛兽攻击的时刻，狂喜之光在他的眼中点燃，所有先人的灵魂注入他的身体。

透过盾牌的边缘，他看见了怒火。巨大的黑影突然冲了过来，挡住了眼前的光——狮子的腾跃让他忘记了盾牌，忘记了长矛，忘记了青涩。他蹲着身子向上看，特玛斯，在一瞬间的光景里，和死亡擦身而过。

他没有屈服。他没有想法，没有感觉，更没有蓄意地行动。一切都是那么简单。所有正在发生的一切都好像大梦一场，他的头脑成了行动的观察员。

他眼见着自己的长矛伸了出去，快速画出一道弧线；他的盾牌护住弯曲的手臂，眼睛搜寻着那生死攸关的刺入点——他错过了。

但他还是出击了。他用尽了力气，时间不早不晚，就在最成熟、最精准的一刻，他看着矛头死死插入了猛兽的肩膀。这还不够。就在那一刻，他的长矛脱手了，他的盾牌不见了，巨大的爪子撕开了他胸膛上的皮肉，留下了深深的伤口。突袭者的分量和冲击最终击垮了他。

他倒下了。尘土、鲜血、青草和狮子刺鼻的气味混合在一起，相互交织，他的耳朵里灌满了愤怒又狂妄的狮吼，间或穿插着同伴们刺耳的高声大叫。

　　他的伙伴们要接替他完成这本该属于他的杀戮。两手空空的他被抓住了，正在被拖着走。他几乎感觉不到深嵌在大腿里的弯月形长牙，一切发生得太快了，以连时间本身都赶不上的速度。

　　一头狮子可以轻松地拖走一个倒下的人，甚至是一个战斗中的人，把他拖进丛林里，望不到头的深草里。它的速度是那么快，即便是用力扔出来的长矛也赶不上。但有时候，狮子这种先抢后杀的性格也能救命，至少救了特玛斯的命。他的马赛短剑突然出现在手里。

　　或许是疼痛削弱了他的理智，但对任何一个挣扎在垂死边缘的人来说，理智都是懒惰的盟友。特玛斯把瘦长的身子蜷缩起来，握住紧贴着小腿的短剑，他扭动着身子，不停地扭着，感受着狮子的尖牙撕裂了大腿上的肉，慢慢甩脱了它，把身体解放出来。他找准机会，用力挥手一刺。

　　一切是那么快，那么不可思议，那么疯狂，那是马赛人的疯狂。一切归于平静。飞扬的尘土蒙住狮子扭动的身体，也蒙住了年轻人，人们叫嚷着围过来想要救下年轻的战士，但他们看不清楚。眼前只有灰扑扑的一团，根本无法瞄准。他们也不需要瞄准。转瞬之间，仿佛恩盖——保护着荒原众生的上帝——降临人间，抬起一只手，还草原以宁静。所有的动作都停止了，所有的声响都消失了。

　　尘土平息了，好像被征服的影子。狮子巨大的褐色身体静静地躺在锈红色的土地上。在它身上是喘着粗气、流着血的年轻人，短剑还紧紧地握在手里。不仅如此，他的脸上还挂着微笑。

　　他理应微笑，因为他听到了在同伴中间爆发出的胜利颂歌，好像穿过他们喉咙的鼓点——属于他的颂歌包围着他，阳光穿透碎云，他的梦想成真了。身上无数的伤口让他觉得疼，但这些足以治愈一切。

他微笑着，挣扎着站起来，摇摇晃晃的。好像身体虚弱，但精神强韧的战士。他的身上布满伤口，但还是骄傲地站着，享受着属于他的荣耀。

接着，他的笑容消失了。他看到了另外一张更兴奋的笑脸——是梅多特，高大挺直地站在他面前，眼睛和嘴唇好像在说："这很不错——所有的这些欢呼和荣耀。但这一切都将过去——还有属于我们两个的秘密，对吗？我们都知道是谁扔的石块，让狮子扑向了你，虽然那时的你一心希望狮子能找上别人。你吓坏了，懦弱得不敢动。我们都很清楚，但也只有你和我知道。可能还有一个人会知道，如果她知道了，以后你再经过她的身边，她都不会再看向你，而是羞耻地望向土地。你说对吗？"

是的，他说得对。狂喜中的特玛斯不由得缩起了身子，又晃了起来。他仿佛看到了年轻的凯尔珍的双眼，但他不想看到。要是没有梅多特扔出的石块，特玛斯的长矛可能还是簇新又干净，他的勇气也无处去证明——一切都将是徒劳的虚荣。

他站直身子。他的伙伴们——那些真正的战士，即便是现在的自己也还算不上是个真正的战士——对他们战败的暴躁敌手仍充满敬意，他们把死去的狮子放到盾牌上，抬了起来。怀着大胜的欣喜，唱着送给特玛斯的赞歌（完全的谬赞！），他们开始返程，村寨里的人们都在期待着他们凯旋。

胜利的喜悦很快从特玛斯的心头消散，梅多特走在他的旁边。

这个时候终于还是到了，特玛斯想着。他通过眼睛说过的话，都将从嘴巴里说出来，而我不得不把每个字句都听进耳朵。他看着梅多特的脸——平静的、毫无表情的脸——想着。毫无疑问，我的敌人看穿了我羞耻的恐惧。他会告诉所有人，还有她。我失败了，我应该给他一拳。我的伤口还没那么疼，至少还能再跟他打上一场。

短剑悬在侧身，特玛斯伸手握住，对梅多特说："现在只有咱们两个了，我们是敌人。你想要告诉他们的话，关于我的话，都是真的。即便我在狮子面前怯懦了，但在你面前，我绝对不会是个懦夫，我绝对不会听凭你对我奚落个没完！"

良久，梅多特和特玛斯四目相对。草原上空空荡荡，两个年轻人站在一起，谁都没动。头顶的太阳低垂，红彤彤的，灼热的太阳光落在干枯的草场上，落在聚成孤独一簇的荆棘树上，还有勤奋的蚂蚁顽强堆起的尖顶神龛上。鸟没了动静，鸣蝉不再扇动翅膀，连风都静止了。

在荒凉的草原上，寂寞无声之中，梅多特突然爆发出一阵大笑。他的嘴巴咧着，低沉的声音从喉咙里迸发出来，没有喜悦，却带着几分伤感，几分怀疑，除此之外，别无他物。没有嘲讽，更没有挑衅。

他看着特玛斯骄傲的臭脸，把长矛插进土地，把盾牌甩下胳膊，终于开了口。

他说："我的朋友，我们马赛人都知道这条谚语：'男人不该问朋友动机，而该向敌人要求道理。'这只是要求。如果我现在还把你看作敌人，那完全是因为我害怕你会比我更勇敢。当我挑战狮子的时候，我的膝盖抖个不停，心脏都吓白了——直到狮子向我扑过来。没人知道我吓坏了。虽然我的名字叫梅多特，坚定的勇士，但我没那么坚定。我抖个不停。"

他向前，走近特玛斯。他微笑着。"撒谎没什么好处，"他说，"我确实想让你一败涂地，但当我看到犹豫不决的你，我就没办法不做点什么，因为你让我想起了当初的恐惧。所以，我才扔了石块——我不是要羞辱你，而是希望能让你免于羞辱——因为我知道，你害怕的不是死亡，而是失败——这些我都明白。你是个比我更伟大的战士——比任何人都伟大——除了最勇敢的人，谁还能像你一样取胜？"梅多特顿了顿，他看到特玛斯的眼中点燃了一道惊奇的光。特玛斯的手从短剑上滑下来，肌肉开始放松。但他没有说话，只是看着梅多特，他们两个人都知道，同样的想法，同样的希冀，正在彼此间共享。无论在哪里，年轻的男人们肯定也总是会怀揣着同样的希冀，对女孩的渴望。

同样的希冀横亘在他们中间，就这一样，却像障碍一样把两人隔开，最后的障碍。

梅多特打破了障碍。他故意又似乎是无意地从摆动的束卡里层拿出了一条细细的皮腰带，上面穿满了珠子。肯定是哪个女孩子手工做的，也应该是件女孩子的东西，他们都知道这女孩是谁。凯尔珍的手工作品很少，却在很多地方广受赞誉。

"这个，"梅多特说，"有人让我带上，还嘱咐我几句话：'如果年轻的特玛斯在战斗中证明了自己是个真正的战士，是个男子汉，就把这条腰带当作我的礼物送给他，或许在凯旋的时候，我能看见他戴上。但如果他表现得像个懦夫，梅多特，这腰带就送给你了。"

梅多特望着手中光彩夺目的礼物，说道："它是你的了，特玛斯！"说着把腰带递了出去，"我本想要留下它。我想了好多办法想从你手上把它骗过来，但人终究无法对事实作假。我亲眼见证了你的身手，比我强得多，所以这礼物应该属于你。这是她的意思，在咱们俩之间，她最终选择了你。"他把腰带放到特玛斯张开的手掌上，接着捡起了长矛和盾牌。"咱们该回去了，"梅多特说，"大家还等着呢。她还等着呢。让我来扶着你。"

特玛斯还是没有动。伤口钻心地疼，承诺的欣喜攥在手里，但他还感受到了另外一种情愫——一种神奇的、不断萌发的骄傲，他为他的新朋友感到骄傲。他看着梅多特的脸，谦和地微笑起来，微笑的嘴角不断上扬，变成大笑。他挥舞短剑，把腰带砍成了两段。

"不，"他说，"如果她已经做了决定，现在她必须重新做一遍。因为我们现在成了兄弟，兄弟们都一样！"

他把半截腰带缠到梅多特手臂的绑带上，另一半挂在自己身上。

"咱们重新开始，"他说，"因为我们是平等的，她一定得知道这一点。她应该根据身手以外的东西做出决定，只有男人们才会用身手来评判一名战士的价值！"

寨子已经不远了，他们互相搀扶着往回走着。他们都一样高，一样强壮，一样年轻，一样拥有赞美之歌。特玛斯一瘸一拐地走着，伤口还在疼，但他还是唱着：

> 美丽盾牌上的奥依康耶之神
>
> 听到了小牛的低声叫……

他们走进村寨的大门，老老少少已经在等着迎接特玛斯的凯旋。被他杀死的狮子已经运了回来，他的事迹已经在寨子里传开了。他们庆祝着，欢呼着他的名字，带他走过一扇敞开的门，那是辛格拉安静的泥房子，是留给战士的地方。

梅多特没有离开他，他也没有离开梅多特。不免有人觉得奇怪，这两个互相敌视的人竟然成了朋友，要知道，一天前把他们维系在一起的还只有仇恨。

对站在畜栏边的女孩来说，这场面也是有些奇怪。她是个纤细的女孩，有着脆弱的美和一双好奇的眼睛。她年轻如一日之晨，总是充满期待。但这期待很快黯淡了，因为她看到亲手制作的奖品断成了两截，一半如她希望的那样挂在梅多特身上，一半也如她希望的那样拿在特玛斯手里！

他们都在人群中找寻着她的影子，都捕获了她的视线，都用眼神问出了同样的问题。他们，和自鸣得意的男人们一样，骄傲地摇摆着。

女孩子略有迟疑，皱起了女人的眉毛。接着，她垂下沉思的双眼，扬起了女人的微笑——更为奇怪的是，这微笑里更多的是凯旋的喜悦，而不是惊讶，这跟想象中可不太一样。

　　这一则故事写于第二次世界大战结束前的最后几个月。柏瑞尔从新墨西哥州搬到南加州的埃尔西诺市，住在当地的一处农场上。此时拉乌尔刚刚结束外派，开始在一地驻扎，这也是两人的一段幸福时光。这是柏瑞尔首篇非第一人称视角的故事，其写作风格也和早期的作品有所差异。文中有多少内容是虚构而成，有多少内容是根据儿时经历整理而成，还请读者自行判断。或许，这个故事来自柏瑞尔和她的非洲伙伴在火炉边聊天时提到的八卦故事。

　　大家一半都会认为《兄弟们都一样》这个故事的成型得益于柏瑞尔对于非洲文化的深刻了解，但拉乌尔告诉过他的朋友约翰·波特，他曾被要求在图书馆查找、梳理有关马赛人风俗习惯的知识，因为柏瑞尔无法提供相关的信息。因此，这一则故事的情节很有可能是由拉乌尔构思而成，柏瑞尔提供背景信息，并由拉乌尔捉刀完成。这也是第一篇以柏瑞尔的名义发表，但并不全由她本人完成的作品，合著的可能性很高。

这个故事可能是由拉乌尔构思完成，并进行了大量的人物研究，但其中仍能体现出许多柏瑞尔的写作风格。因此，我认为这则故事并非完全由他人代写完成。

读者亦可放心，柏瑞尔对于狮子的攻击，它的力道，震撼人心的怒吼和气味都有着第一手的了解。因为在她还小的时候，曾经受到一头狮子的攻击，这头狮子属于一位朋友，本该十分温驯。

"我印象最深刻的，"她写道，"有三点——大声的吼叫，把我摔到地上的一击，还有当我用胳膊护住头的时候，明显能感觉到帕迪的牙齿咬住了我的腿。我的意识还清醒，但我还是闭上了眼睛，希望能忘了这一切。疼痛的感觉太强烈了，同样强烈的是帕迪的怒吼。吼声不停地在我的耳边回荡，我相信，当有一天地狱之门关上，一定会发出同样的巨响，这简直就是但丁诗意噩梦的真实写照。"

（本文首次刊载于《柯利尔周刊》，1945 年 2 月。感谢柏瑞尔·马卡姆代理公司授权再版，该公司代理了柏瑞尔·马卡姆

的作品《夜航西飞》。出版情况：纽约：霍顿·米夫林出版社，

1942 年；伦敦：哈拉普出版社，1943 年；加州伯克利：西点出

版社，1983 年；伦敦：维拉戈出版社，1984 年。）

第 三 部 分

Part Three

喀土穆之约

　　她站在那儿，手里攥着那个英勇的、陈词慷慨的字条，喉头一哽，拼命忍住快要掉下来的眼泪。当他们在苏德沼泽上空和风暴搏斗的时候——就在迫降变得不可避免的一刻——格雷·肯辛想到的显然不是个人安危，而是黛安娜作为飞行员的荣誉和名声。

接待员巴布[1]一脸歉意。他细长的脑袋上戴着一顶红色的土耳其毡帽。每次道歉的时候，帽子就会有节奏地左右摇晃着，好像乐团指挥手里的指挥棒。没有，去往喀土穆的航班还没到，也不会到了。天气太差了。他抱歉到了极点，近乎卑微地反复致歉，杰尔巴没有别的飞机了，肯辛先生能好心地同意坐下来，喝点茶吗？

肯辛先生怎么会同意。他是高个子，当他弯下身子，凑向前台的时候，巴布明显开始发抖——不光是毡帽，全身都在发抖。

"非常感谢，但去你的茶吧！我要的是航班。我打过电

----

1 原文为 babu，是印度人对男子的尊称。

话预订航班了。我的业务可等不了。《内罗毕邮报》可不会站在那儿，抖那顶蠢帽子！"

坐在生牛皮椅子上的女孩看了他一眼，手里拿着本一年前的体育杂志，她肯定觉得这个陌生人脾气坏透了。很显然，这人是个英国佬，着急赶时间，可能还和外交部有些关系。战争把不少古怪家伙都丢到了非洲——都是些着急的家伙，普遍对延期心存痛恨。他们的火暴脾气全都写在脸上，总是公然破坏办事程序，把秩序的红线当作彩色纸片撕个粉碎。

她透过杰尔巴旅店的窗户望出去，窗户上沾满了苍蝇印子。旅店这名字似乎是个委婉说法，但更像是一种讽刺。要是把这简陋地方改名叫作杰尔巴歌剧院，大概也没什么问题。这是个有十个房间的棚屋，铺着波浪形的薄钢板，配合中世纪的管道系统，英埃共管下的苏丹是它的后花园。这里还有个小机场，有两个略显破旧的机库。风和缓地吹着，迟迟不肯离开，机库已经被吹得摇摇晃晃，仿佛是在等待迫在眉睫的风暴。把这个英国人送过来的飞机早就离开了，当天也没有其他航班从内罗毕过来——可能最近几天都不会有了。

她把杂志放到一边，这年轻人的业务到底有多重要，实在让人有些生疑。她耸耸肩，这不重要。

真的不重要吗？仿佛是某些细节让她产生了警觉，她突然坐直身子，接着向前探了探，脸上突然浮现出一种充满兴趣的表情。也许，她想，只是也许……

她看着那个焦躁不安的乘客，他正迈开步子来回走着——他的步伐很大，身子却有些不稳。他轻微的跛脚被她看个满眼，而他自己却不在乎，他高傲又轻蔑的神态说明了一切。小个子的接待员在猛烈地敲击着电报键盘，他紧紧盯着——等待着。

终于来了回音，巴布用打字机敲出来，把文件转交给那个英国人。他大声地读出来，意思断断续续的：所有飞机停飞。建议肯辛先生找梅雷迪思，如果可能，风险自担。塞尔弗里奇。

纸片被肯辛先生捏成了一团，他暗骂了一句，优雅的咒骂里还带着点英国人的克制。他低下头，慢慢走到巴布身边，好像是要猛扑上去："梅雷迪思，是吧？就是说这儿还有个飞行员！你到底为什么不告诉我？这家伙在哪儿？这个梅雷迪思！这可是战争时期。滚去找！"

巴布赶快动了起来。他的动作好像是被人用沙袋砸到了头——有点犹豫，又有点小心翼翼。他从原木板搭成的桌子后头绕出来，哆哆嗦嗦地伸出一根棕色的指头，指了指坐在生牛皮椅子上的女孩。

他的勇敢气概显然已经消失殆尽，怯生生地说道："那个，先生，真对不起，请原谅我，但那个家伙是梅雷迪思小姐——是一位女士，您也看到了。"

"是位女士？"肯辛先生重复着，声音里满是怀疑，甚至是厌恶。他只花了三步便走到了黛安娜·梅雷迪思面前，盯着她，围着她，看穿她。他用一块精美的蓝色手帕擦了擦额头：“打扰您了，但您是……”

“一位女士？”黛安娜微笑着，看了看身上的长裤，“别说是我这裤子骗了你。在这儿穿裙子太傻了。”

“对不起。我没这个意思。我想找一名飞行员，还有一架飞机。”

黛安娜站起来，拢了拢栗色的长发。她的眼睛差不多才到格雷·肯辛肩膀的位置，所以她必须仰着头跟他说话。

“我知道，”她说，“我实在忍不住要偷听你们的对话。我是个飞行员，我还有一架飞机。因为战争，我被停飞了，我一直想要有个机会。”她的声音充满自信，却也有点急迫，“如果我能证明自己是有用之材……”她迟疑了一下，后面的句子消失在唇间。

格雷·肯辛疲倦地摇了摇头，他的意思很清楚：“实在对不起，梅雷迪思——小姐，对吧？——我一定得找个男的飞行员，这是肯定的。我没办法相信女孩子，或是外行人，你明白的，不管是做生意，还是打仗。您有飞机。现在您是否能推荐一些其他的飞行员呢……一些专业的飞行员？"

格雷·肯辛突然收了声，和他说话的对象不见了。黛安娜快要走到门口，却又折了回来。她烟蓝色的眼睛里闪着怒火，声音却平静依然。

"这里是非洲，"她说，"所有的资源都是有限的。飞行员也一样。我建议你往伦敦发个电报，他们没准能给你送个人过来。"

她竟没有把怒火都发泄到门上，只是轻轻关上门，只身穿过跑道，咬着嘴唇，逆着疾风走着。

专业的飞行员！三年来，她不过是有张飞行执照，不过是开着自己的小飞机，做着天上出租车的生意，把客人带到非洲中部、东部和北部的各个角落——直到战争来了，她被禁飞了。现在，就在距离得克萨斯——还有家——几千英里外的地方，她不仅成了没用的家伙，还有个不耐烦的英国佬反复提醒着她。

她使劲扳开小机库的门——其实根本用不着这么大力气。晨光覆盖着她小小的猛禽飞机[1]，流淌在黄色的机翼和机身上。那是一架复翼飞机，有着开放式的驾驶舱、一些仪器，还有几块补丁。在黛安娜看来，这绝不是软弱的象征，反倒意味着个性和诚实。

"我亲爱的年轻的小姐！"

她转过身，感到的不是惊喜，而是厌烦。好一个我亲爱的年轻的小姐！她在脑子里默念着这些字词。格雷·肯辛看起来也就比她大上四岁，他正站在机库门口，一开口简直就

---

1 原文为 Avian。

像个三流剧本里的蹩脚角色——看起来也像，长相英俊，穿着明显不适合这片狂风旷野的漂亮衣服。

她没回应。她在等待。

他指了指小飞机，手势虽然克制，但也能明显感受到失望的情绪："这就是你所谓的飞机。这就是你打算载我去喀土穆的飞机——还在这种恶劣的天气里！"他看起来气坏了，甚至有点绝望。

黛安娜点点头。"那个，"她承认，"就是我所谓的飞机。我开着它飞遍了半个非洲，我还打算开着它再飞完另外半个非洲。至于去喀土穆的事，我很抱歉给你提了这样的建议。我可以把你送到那儿，不管有没有风暴，但你既然不相信女性飞行员，我也就不再勉强。不好意思，我现在要把机库锁上了。"她迈着坚定的步子，快速向门口走去。

格雷·肯辛叹了口气，向飞机走过去。他说："梅雷迪思小姐，你没必要扭捏作态。我过来也不是为了卖小扫帚，而是有件政府的公务要办——也是你的政府，突发的事情。或许不算什么大事，但也是件重要的事情，我必须在早上赶到喀土穆。既然你提出能送我过去，那么我就会接受你的好意。除此之外，我也别无他法。”

格雷·肯辛好像一下子成了飞机的主人——虽然算不上什么骄傲的主人——他随意地把文件夹和小小的过夜背包扔进柜子，转过头看向黛安娜，她的表情既迷惑又愤怒。

她心里盘算着，要么当着他的面直接把机库门甩上，要么就吞下自己的骄傲，抓住这次重回蓝天的机会。只要能带着他成功飞越苏德沼泽，顺利落地喀土穆，他或许就不得不承认，她是个合格的飞行员。细节决定一切。这次飞行能决定很多事情。她做了决定，不能把机库门甩上，反而要把大门敞得更开，和他一起，在冷酷的沉默里，把飞机推到跑道上。

黛安娜在操作板后面的位置上坐好，她似乎看到格雷·肯辛的嘴唇上掠过了一抹微笑。她不确定，但她知道，这是挑战的微笑……

　　如果你是个忧郁的飞行员，一心想要逃离到世界之外，从杰尔巴向北飞就对了。当苏德沼泽无垠的绿色平铺在你的机翼之下，你至少就逃出了那个人们认识的、走过的、争夺中的世界。苏德沼泽吞下了整个非洲大陆的沉渣，它是尼罗河回流孕育出的平坦之地，是鳄鱼把守下的无垠泥淖。它横亘在杰尔巴和马拉卡尔之间，仿佛静等着飞机的坠落——它是那么大，是最容易遭遇不幸的地方。

　　对黛安娜来说，在任何天气下，苏德沼泽都是一场噩梦。风暴中的沼泽更像是发了狂，不管怎么看，只有傻子才会在这种天气下飞越苏德沼泽——若不是别无他法，谁会这么干呢？

　　她正在飞越苏德沼泽，而且也不觉得自己真的别无他法。她坐在飞机的控制杆后面，告诉自己，在这样恶劣的天气里，要不是做出了承诺，平时肯定不会离开跑道半步。还有，当渴望的机会就在眼前的时候，人们总会做出些奇怪甚至格外愚蠢的举动。这是其中一个原因。另外一个——她有点想不明白，这是不是真的能算作一个原因。她不愿意承认，格雷·肯辛对她毫无遮掩的不信任，多少对她产生了些影响。

她望向东边，风暴云翻滚着向她袭来，好像燃烧着的林子上空盘旋的黑烟。苏德沼泽那熟悉的恶臭钻进驾驶舱，她缓缓把驾驶杆向后拉，飞机开始爬升……

她在一百英里的高度巡航了约一个小时，暴风雨呼啸而至。起初，没有一滴雨，只有狂风和黑暗。黛安娜感到了一阵可怕的战栗，机翼和所有可见的一切都被黑暗吞没了，她和格雷·肯辛仿佛是被魔法托在了半空，耳畔只剩引擎的轰鸣。她不是第一次感受到这种战栗。她和飞机都曾经历过风暴的考验，但今天似乎格外不平静。

雨来了，伴随着闪电。闪电撕破天空黑色的幕布，给飞机镀上一层闪耀的光晕，紧接着，就把它抛回黑暗里。

黑暗里似乎只剩下黛安娜一个人。那是种孤独的专注。那是快速移动的双手，是在操纵杆之间快速挪动的视线，是敏感又坚定警觉地踏在方向舵杆上的双脚。那是孤独的谨慎，那是坚定的意志和过人的能力。她一个人掌控着全局，好像已经这么做过一千次了。当格雷·肯辛平缓的声音透过耳机传到她的耳朵里，一只手突然搭到她的肩膀上时，她吓了一跳。

"距离马拉卡尔还有多远？"

她轻蔑地哼了一声。风暴不过持续了十分钟，他就已经等不及要找个地方降落了。

"一个小时，我估计——可能要更久。"她得对着话筒大喊才能盖过轰鸣的引擎和雷声。她的声音里有着不同以往的尖锐。她甚至还想加上一句："可能要两个小时——四个——六个，你要是怕了，咱们可以返航。"

但他不怕，她知道他不怕，可连这样的念头都隐约让她觉得厌恶。他就是单纯的冷酷，就是喜欢挑毛病，就是一心想赶到喀土穆去。

暴风雨展示出它全部的恶意，她能感受到，她经历过这些，这是自然界最真实的敌意——它痛恨人类闯入天空。疾风是它的大锤，反复击打着小飞机；闪电让它看不见东西；黑暗让它步履蹒跚，要把它击碎到沼泽里面去。

她安静地控制着飞机，既没有公开抱怨，也没有暗自叫苦。最让她难受的是，在累积了无数飞行小时后，她不得不再一次证明自己的能力——向着这个从未见过，也永远不想再见的傲慢无礼的毛头小子。

她把头探出驾驶舱，向下看去，阴郁的云层透不过光，好像一片愤怒之海。缎带一样领航的尼罗河早已不见踪影。

一阵低沉的金属摩擦声——仿佛比雷声还响——传入了她的耳朵。对飞行员来说，这个声音是全世界的声音中最重要、最讨厌的，也是最可怕的一种。黛安娜不敢相信自己的耳朵，但这声音还在。她不愿意相信，但这就是事实。这一天终于到了。就是现在，在狂躁的风暴中，猛禽让她失望了，就要毁在她手上了。

噼啪的声音还在持续——引擎累坏了，尖锐的嘶吼断断续续，那是它在拼命挺下去的征兆。金属的咳嗽声又起，夹杂着迟疑和控制杆无力的缄默。

她咬着嘴唇，想起了还没来得及换掉的旧油管。汽油管里进了空气。气闸。她的手指抓紧节流阀。没用。她慢慢把控制杆向前推。她必须这么做。他们在下坠，已经失去了飞行高度，盘旋着向着苏德沼泽扎进去。她稳住飞机，逆风上拉，想要争取更多时间，但已经没有时间了。

她拉近话筒，说道："你最好坚持住，咱们在下坠。"

她的声音平稳，但能感到沉重的苦涩——满是苦涩。她的声音里没有恐惧，只有对失败的坦诚。

在一阵闪电的光亮里，她看到格雷·肯辛凑了过来，手里好像攥着什么至关重要的东西。闪电一闪而过，他充满怒气的英国口音平缓地通过耳机传进来："我猜下面就是沼泽。演砸了，对吧？"

"演砸了！"黛安娜脱口而出。难道他只会用英国人过时的陈词滥调回应一切吗？她把头伸出驾驶舱，用眼角瞄着高度表的度数。两千英尺，高度掉得很快。下面什么都看不见，她也不想看见，因为她知道下面有什么。

掉到五百英尺的时候，下面有什么她看得一清二楚，那是一片僵死的绿色草地，里面裹着渣滓，降落的雨滴溅起蒸汽，像机场一样平坦，欢迎着天上的来客，召唤着它。她盘旋着，似乎是在靠着意志的力量维持着飞机的高度，顺着风势，尽可能地让飞机保持在空中。

　　但坚持不了多久了。损坏的引擎无情地把飞机拖向地面，朝着沼泽冲下去。高度跌至一百英尺，她看到沼泽外黏土地上突出的闪亮脊背，突然平静下来。平静，还有愤怒和苦涩。她要做个选择，是扎进突起的泥垄，还是被吞进沼泽里。两者没什么差别，但头一种似乎是最体面的。她对着话筒说道："对不起，但也只能这样了！"接着便开始侧滑。猛禽飞机似乎变成了一只鸟，一只翅膀拍打着，另一只翅膀摇晃着，顺着风滑行着，好像一只坠落的雄鹰，掉下去。

　　她都没时间看上格雷·肯辛一眼，但她还是在坠落过程中注意到了他镇静又挺直的体态。他一直沉默着，一动不动，他对于女性飞行员的不信任感似乎都得到了验证。这给不了他多少满足感，她想。接着他们一头砸到了地面上。

　　他们不是着陆，而是砸到了地上，小飞机的两个轮子重重地砸向泥垄，接着轮子一滑，飞机弹回老高，又一次砸到了地上。剧烈的颠簸让人感到恶心，而不是疼痛。惯性让黛安娜的安全带拉到了最长，帆布带子似乎要被绷断了。不止是一次——两次——三次——四次。就在她以为这样的颠簸永远不会停止时，飞机突然停了下来。

飞机停了，周围除了雨声，就只剩下沉默。一点声音都没有，连雷声都没有。可怕的沉默，失败、绝望、空虚的沉默。

她看向格雷·肯辛，而他没有回头，也没有说一句话。他不想说话吧，她想。他还在解着安全带——慢慢地，有条不紊地，好像他们不是降落在世界上最肮脏的泥垄里，而是灯光明亮的平整跑道上。他是那么泰然自若，那么高傲，那么可恨。

他爬出机舱，挤过来帮助黛安娜，一句话都没有说。

礼仪，她想着，那些近亲杂交来的、毫无意义的英式礼仪！

她拉住他的手，看着他。他暗色的头发打着卷，脸上挂着血迹。不多，只有一点。他从口袋里掏出一块手绢，一点点把血蘸干净。接着他看了看表，看了看黛安娜，看了看猛禽。

"我猜是气闸问题，"他说，"有扳钳吗？"他问的不是"你还好吗？"或者"受伤了吗？"，只是"我猜是气闸问题，有扳钳吗？"那语气简直像是在说："能劳烦你借我根火柴吗？"

黛安娜张了张嘴，又闭上。"扳钳？"英国人是这么说扳手[1]的。他想要把扳手。这个看上去就没什么维修经验，精心打扮过的英国年轻人想要一把扳手。

她不由得想笑，但还没等自己反应过来，就已经打开了工具箱，递给他一把扳手。

她也想骂上几句，但她不擅长这个，所以就住了口。她

---

1 扳钳和扳手的原文分别为 spanner 和 wrench。

绕着飞机走着，仔细察看着每一根支撑杆、每一处接口、每一个轮子。全都完好无损。猛禽就站在那儿，不屈不挠，做好了准备——它的一只轮子插进了烂软的泥地，另一只差不多直接冲到了硬地上。它的身上一道伤口都没有。猛禽还是骄傲地翘着脑袋，看起来像魔鬼般邪恶，又像莽撞的姑娘一样大胆。黛安娜摇了摇头。为什么，不偏不倚，非要在这个时候功亏一篑？为什么不能让她在一个人的时候面对失败？

她看了看周围。风暴渐渐平息，大雨把苏德沼泽搅了个天翻地覆，臭气像浓雾一样久久不散。他们困在了一个被大雨冲刷得光滑的泥岛上——只有大概十二码宽，四百码长。通常，猛禽的起飞距离至少要六百码——还是在干燥的天气里。这两百码的差异影响巨大，特别是在这么光滑的表面上。所幸，飞机上装了超低压轮胎。这还有些帮助——或者只是人们觉得有帮助，无论如何，也只能这样了。

她绕到引擎罩前面，发现它已经被打开了，下面是格雷·肯辛。他的行为无疑是高尚的，但他可能都不知道襟翼

的汽化器在哪儿。男人们都一样，总觉得自己有责任得做点
什么。

　　她挽起袖子，对于他自大的嘲笑已经够了。他们能活着
就已经足够幸运了——不管他知不知道，不管到没到喀土穆。
如果他们最终还能抵达喀土穆，他可能会花上一辈子时间诅
咒女飞行员，还有一路载着他们的破飞机。但这不重要了。
她太沮丧了，早已没了耐心——只剩忧心忡忡。

　　她说："最好让我来吧，我会修引擎。"

　　他说："拿点胶带。"

　　她迟疑了一下，语气里带着毫不掩饰的厌恶情绪。"肯
辛先生。"她说。

　　他连头都没抬，直接提高了音量，咆哮道："快他妈拿
胶带来！"

过了一会儿，她站到他的旁边，紧闭双唇，愤怒地想要找到一个反击的词，可就是找不到——胶带却被她拿在手里。当他说"电线"的时候，她去拿了电线；当他说"钳子"的时候，她又去拿了钳子。最终，就当她觉得已经过了几个世纪——实际上只有十分钟——之时，他抬起油迹斑斑的脸，看向她，指了指驾驶舱，她一言不发地坐到了控制杆后面。即使她能想出要说点什么，她也说不出口。一切竟然发展成这样。

她甚至能想象出，在他到了喀土穆之后，会怎么跟人解释他迟到的原因，操着他那口含混的英国腔："让小女孩当飞行员——美国人，我觉得——我尽力了。开着飞机直接扎到了苏德沼泽里面，因为一条烂油管——我不得不亲自把它修好。这就是男人的工作，飞行员就不应该——"

怒火在黛安娜的心里燃烧着，她看着他仔细检查着那段不得不被当成跑道用的泥地。当然，她早就亲自检查过了，那段路太短了——格雷·肯辛却不这么想。他回到引擎盖前面，双手搭在螺旋桨上，语气轻松又自信，让她根本没有理由反对他的提议。

"发动？"他问。

"发动！"她咬着牙挤出两个字。

引擎轰鸣起来，他坐到自己的位置上。他接管了一切。他就这么轻松地接管了一切，而她就只能坐在那儿，坐在自己的飞机里，等待着起飞的信号。

最令人惊讶的是他的信任，相信她能创造奇迹。软烂的泥地、不够长的跑道、风向——他都没有放在眼里，只是轻松地抬抬手，好像飞行不过是小孩子的把戏，而黛安娜（竟真像个听话的孩子一样）顺利起飞了。

就是这么简单，猛禽狠狠地把苏德沼泽从鞋跟上甩下去——冷漠如格雷·肯辛一般——她告诉自己，在二十一年的生命里，从未像现在这般讨厌过一个人，除非是她自己——在这样的时刻，在积满沉渣的岩架上面，不敢证明内心勇气的自己。

到马拉卡尔加油，接着去恩图曼，白尼罗河的另一侧就是喀土穆。不再有风暴，夜空蓝得像块厚玻璃。恩图曼的山谷里散落分布着不少石砖营房，好像绿色草坪上的育苗块。黛安娜微微叹了口气，每次看到机场她都会这样——那是平坦开阔的一片黄土，像得克萨斯平原一样辽阔。

她又叹了口气，那是一种前所未有的解脱之感。航程即将结束，她也终于可以摆脱这个疯狂的、傲慢的——现在却异常放松的——格雷·肯辛。

他终于到了喀土穆，甚至还提前半个小时到了。但只要他回想起这次旅程，他一定忘不了那个女飞行员，或者说是不够格的飞行员是怎么把飞机砸到地上的。

他们终于落地了，他再一次遵循着那一套精准又职责使然的英国礼仪，帮她离开驾驶舱。他有点迟疑地微微鞠了个躬，含含糊糊地说了声谢谢，问她是否需要车子进城。他的头发乱成一团，脸上的伤口有些发紫，衬衫上满是油泥。黛安娜竟第一次从他身上感受到了人性的光辉，但她没有时间细想。

她摇了摇头。不。不用了，谢谢。他愿意载她进城是出于好意，但她不能去。必须立刻找个机师。还有好多要做的……

她笑了。他也笑了——好像还有点疼。他离开了，身板高大挺拔，骄傲地迈着步子，调整着跛脚。黛安娜目送着他远去，她斜倚在机翼上，脱下头盔，让风穿过秀发。就是那样，她想着。格雷·肯辛——以自我为中心的得体之人。她想不明白，他为什么要谢她。出于习惯，无疑。他可能也一样会感谢公交车司机和门房。千万不能粗鲁地对待工人阶级，你明白的！

　　她在脑子里构思着飞行日志："杰尔巴到喀土穆——飞行员，自己。乘客，格雷·肯辛。"在"备注"一栏，她肯定会这么写："紧急迫降——苏德沼泽。"写下这些的时候，她的心里一定满是苦涩。她想要恢复常规飞行，重新振兴自己的飞行服务，让它在战时也派上用场的念头，现在彻底破灭了，以后也许只能把猎人们从一地送到另一地，让他们痛快地打些狮子、大象。

　　她叹了口气，转身看着猛禽。她得找个机师把汽油管修好，还得在上午回到杰尔巴。一种难以名状的沮丧涌上心头，她摆脱不掉这种情绪。她开始习惯性地检查飞机，但这更像是一种机械化的举动，绝对不是兴趣使然。她登上前驾驶舱，扫了一眼格雷·肯辛刚刚坐过的位置，很快又转过头来。一样东西抓住了她的视线。那是一小团白纸，是一个旧信封，团成了球，躺在座位旁边的地板上。

　　黛安娜看到了纸团，犹豫了一下，爬进了驾驶舱。她捡起那个小纸团，打开，用手压平。她想要把纸片重新丢回地上，但她没有，好像有什么原因不让她这么做。她打开信封，心里满是一种孩子般的罪恶感，信封的背面写着几行字。

字迹像是胡乱写的，笔画歪歪扭扭，几乎认不清楚。她慢慢读着，突然想到格雷·肯辛坐在这里的某个瞬间，头向前探着，闪电勾勒出他的影子，他的注意力全都放在手上。字条一定是在那时候写下的。

嘴唇缓缓地动着，她默默读着这几行字，她感到迷惑，难以置信。

"我谨在此澄清，本架飞机如果不幸坠毁，飞行员梅雷迪思女士无须承担任何责任。她是在我的坚持下，继续驾驶飞机飞行。在此过程中，她展现出了与男士一样的技术和勇气。格雷·肯辛。"

就这样了——或者只是在黛安娜看来。她看着那个皱巴巴的信封，眼前一片模糊。她反复翻转着信封，过了好久才注意到信封正面几个印刷体的小字，那是人们对格雷·肯辛的称呼，就是他的名字后面的头衔让她错不开眼睛。"格雷·肯辛，"接着几个轮廓清晰的印刷字母，"格雷·肯辛，DFC。"

　　飞行优异十字勋章[1]！愤怒、尴尬，还是羞耻，她不知道究竟是哪种情绪占了上风。也许是这三种情绪都融合到了一起。格雷·肯辛，DFC。在一位王牌飞行员面前，她，黛安娜，竟然想告诉他如何在风暴中飞越苏德沼泽！这真像个笑话，但她笑不出来。她想要爬回酒店房间，锁上门，就一直待在里面，直到猛禽准备好返回杰尔巴。

　　她站在那儿，手里攥着那个英勇的、陈词慷慨的字条，喉头一哽，拼命忍住快要掉下来的眼泪。当他们在苏德沼泽上空和风暴搏斗的时候——就在迫降变得不可避免的一

---

1 即 DFC（Distinguished Flying Cross）。该勋章于 1962 年 7 月 2 日由美国国会决定设立，授予美军和盟军中以任何身份在陆军服役并且在参加空中飞行时表现英勇或成绩卓著的人员。

刻——格雷·肯辛想到的显然不是个人安危，而是黛安娜作
为飞行员的荣誉和名声。如果——这当然有可能——他命丧
长空，而她活了下来，这张在疯狂、暴怒的天空中匆匆写下
的小字条，就能消除她所有的罪过。当危险过去后，他肯定
把字条扔出了机舱，但就像每次都会发生的那样，风把字条
吹了回来，吹还给她。

格雷·肯辛，DFC。她重复着这个名字，重复着，好像
找到了一些答案。她知道他因为勇敢而出名。她猜得出整个
故事。他的脚一定是在战争中受了伤，让他不得不从部队退
役，做起政府的工作。他暴躁的脾气、不耐烦的态度，还有
粗鲁的举止——无一不是在掩饰他内心的失落与苦涩，那是
战士不能再扛枪，飞行员不能再飞翔的苦涩。

不能再想下去了，她强迫自己。一位机场的工作人员走
了过来，依照常规，她递交了文件，安排好飞机养护的事宜，
慢慢走向闪着亮光的机场出租车。

"大酒店。"她告诉埃及的司机——一脸倦怠。

几分钟后，司机把车停到了一条幽深的走廊前边，梦幻的尼罗河尽收眼底。黛安娜深爱着这条大河，现在却没有看上一眼。她给了司机一张纸币，让他不用找零了。

几分钟后，一个苏丹男孩领着她走过幽暗的走廊，来到她的房间。走廊里的风扇吹着，投下一片阴凉。她还穿着飞行员的制服，几个好奇心重的人一直盯着她看，而她却毫不在意。

苏丹男孩停下脚步，打开一扇门，她表示了感谢，草草地翻着口袋，想找出一些零钱。这时，格雷·肯辛出现在走廊上。他穿着干净的衣服，恢复了一尘不染的面貌。他向她走过来，一如既往，努力遮掩着自己轻微的跛脚。他的微笑似乎不再有什么挑战意味，反而多了些善意的嘲讽。

他说："你应该跟我一起来的，我问过你的。"黛安娜点点头，她还在傻兮兮地想找个合适的词来回答。她有点不耐烦地往男孩子手里塞了些硬币，把他打发走了。现在只剩下他们两个，她眼见着皱巴巴的信封从她颤抖的手指里掉了出来，那是她在飞机里找到的，格雷·肯辛俯下身，把信封捡起来。

一瞬间，她不知道要说什么。他当然也是一眼认出了这个字条，无疑也在思考，为什么她从机场一路紧攥着它不放。她没办法向他解释明白，但至少她尝试了。她说："我——一定是风把它吹回来的。对不起，我打开读了。你真是个好人。"

他向前一步走近她，迷惑地望着她的眼睛。

"有关紧急迫降，"她说，"我希望能表现得再好一点……我……"

她还没有说完，他把手搭到她的肩膀上，那是一双大手，强壮却又异常温柔。他低头看着她，微笑。他僵硬、冰冷的态度，拒人于千里之外的脾气似乎一下子都消失了，他的眼神充满温暖。他摇摇头。

"不，"他说，"我不觉得……我写这个字条不是出于善意，而是要表达对另外一名飞行员的单纯的敬意，以及对她技术的认可。我不该盲目地评价你，我必须弥补我的错误。而这只是开始。"

他紧紧抓住她的胳膊，郑重地陪她走过长廊，来到宽敞的走廊。那里挤满了一身白衣的苏丹少年，闪着光的玻璃杯和不同国家的制服。

他们在柳条椅上坐好，点了香槟鸡尾酒，他伸出手，握住黛安娜的手。

"你看，"他说，"像我犯下的这种错误，得花上更多时间才能弥补——几周，几个月，甚至是几年！这是个大工程——哪怕对英国人来说也是一样。这确实是个大工程，所以我必须找个盟友。"

黛安娜笑了："你们传统的盟友？"他点点头："美国人。"他边说边笑，举起手中的酒杯。

"起飞？"

"起飞！"

尼罗河静静地流着，岸边的高树好像尽忠职守的护卫。黛安娜穿过树影望过去，闪着光的河面仿佛是历史智慧的微笑——沉着，洞察万物，以及超越一切的，满足。

这一篇和接下来的三个故事均为虚构的浪漫故事，这一类的题材在战争期间——和战后数年——很受欢迎，大众都需要这种娱乐故事来逃避现实。这几个故事大部分来源于柏瑞尔在非洲的经历，她的驯马故事和飞行员背景。其中前三个故事很有可能是由拉乌尔·舒马赫代写，而这对柏瑞尔·马卡姆的学生和崇拜者来说，仍不失为有趣的研究内容。

柏瑞尔本人就曾多次以一位年轻的女性飞行员身份运送沙文主义的男性乘客穿越苏德沼泽。这条航线柏瑞尔飞过多次，在她的飞行日志里也描述过在暴风雨中飞行和迫降的经历。而她在1932年独自飞抵英格兰的旅程中就经历过这样的困难。

《喀土穆之约》一文完成于1944年年初，彼时战事正酣，文中的女主角是一位美国女孩，体现了同盟国人民的爱国热情，读者还能在文末感受到一丝浪漫情愫。由于故事情节比较简单，有一点可能会让人迷惑，为什么优秀的飞行员肯辛不能够自己驾驶飞机前往喀土穆。

（本文首次刊载于《柯利尔周刊》，1944年4月）

心会给你答案

　　炎热的疾风灌进敞开的驾驶舱，炙烤着她的脸。她想要看得更清楚些，便把护目镜推到头上，刺痛和强光让她的眼睛噙满泪水。

朱厄妮塔跑过来的时候，彼得·肖刚刚爬出机舱，斜倚在阿弗罗[1]的机身上，使劲拽着头盔的下颌带。东部非洲的扬尘在他脸下留下了几道深深浅浅的印子，眼睛里满是血丝。他显然是累坏了，也让他的暴躁脾气有了合理的解释：他一把扯断了带子，把头盔扔到地上。闷在头盔里的黑色鬈发被释放出来，在风里恢复了生气。哪怕是灰头土脸，彼得怎么看也都是个英俊的男人。朱厄妮塔看在眼里，他的脸生得轮廓分明，一丝丝的尘土根本算不得什么；他的眼睛是那么有神，劳累和大风也不能损害分毫；他的鼻子像利剑一般笔挺，嘴唇饱满。还有紧致的脸颊，此刻他正用手背使劲揉搓着。

---

1 原文为 Avro，飞机名。

朱厄妮塔悄悄来到他身边，他笑了起来，露出几颗牙齿。他看起来很高兴，轻轻用胳膊揽住她，吻了吻她的前额。接着把她推远了点，假装一本正经地审视着她，她的蓝眼睛，还有阳光一样闪亮的金色头发。

"你好啊，小猴子，"他说，"我真高兴我做到了。"

"做到了什么？"朱厄妮塔挣脱开他的手臂，看着阿弗罗。飞机的左侧凹进去一点，但整体状况不错。她微笑起来，但这微笑很快就消失了。什么都没发生，但她还是产生了一种奇怪的不安之感，接着就一下子清醒过来。她又看了阿弗罗一眼。没错，是凹进去了一块——飞机的纵梁断了，好像被斧子砍断的柴火——还有前座，那是迈克的位子，现在空无一人。她没有向彼得发问，只是走近他，手放在他的手臂上，等待着。

他瞥了一眼飞机，轻声骂了一句。"我头一次紧急迫降，"他解释道，"雨来了，我找不到马萨比特在哪儿。都是昨天的事了。天色晚了，我不得不降落到那片熔浆岩沙漠里，离站点还有八十英里，在北面。"他把飞行地图递给她，上面用铅笔清楚地画了个点。"就在这儿，"他说，"纵梁断了一根，飞机开始往下掉——我都不知道是怎么下来的。"

"迈克呢？"

"他没事，我们不用担心。"他说得很快，声音里满是疲惫，"到了早上，我发现如果我们两个都在飞机上，飞机根本飞不起来——太重了。我们讨论了一下，迈克决定留下来。这是唯一逃出去的办法。我把所有的水都留给了他，飞到了马萨比特。他们很快就会派一辆骆驼篷车去找他。"他疲惫的脸上挤出一丝微笑，"前因后果就是这样了。现在来点茶怎么样？"

他们手挽手走下跑道，前边有一小丛九重葛，守卫着她父亲房子的前廊。

朱厄妮塔若有所思。"那里应该是科罗利沙漠，"她说着，又看了眼地图，"简直是环境最差的地方之一。"

他点了点头："这我能肯定，那儿真是糟透了。"

她沉默半晌，手放在拉穆大门[1]的门闩上，厚重的大门就像守卫着城堡的铁闸门一样，抵御着周遭的荒原。她拨开前额凌乱的金色头发，好像是希望在转向彼得的时候，能让他看到整张脸。

"彼得，"她的声音有点迟疑——似乎带着一丝歉意，"我知道你累坏了——或许我也不该这么说。我没怎么遇到过这样的事情，但你是不是应该再做点什么？你难道不应该回去找迈克？如果他真的被困在马萨比特往北八十英里开外的地方，驼队得花上几天才能走到那儿。"她把手指向跑道，"那是我的飞机，如果你把座位拆下几个是可以减轻重量的——

---

1 源自波斯湾的铜质造型大门。

或者——"她尴尬地停了下来，似乎觉得自己并没有资格质疑他做出的判断，"离天黑还有好几个小时，"她说，"我想或许——"她努力想找到些合适的表述，她看到彼得正低下头望着她，眼睛里满是惊讶，她放弃了。

"亲爱的，"他坚定地说，"你从不是那种盲目追求英雄主义的人，也没有不切实际的幻想，你一直是这样的人，现在你也不该冒出这种念头。只要联系上了救援队，迈克就绝对不会希望我搭上自己的飞机，或是你的，愚蠢地再跑上一趟。一个优秀的飞行员绝对不会让自己两次陷入同样的危险境地。如果你想成为优秀的飞行员，就一定要记住这一点，飞行的时候绝对不能感情用事。"他的声音像父亲一样，又一次给她上了一课，就像他在驾驶舱里那样——冷静、理智、可靠。就是这种品质，让她信任他。"都是因为那些浮躁的飞行员，人们才不信任飞行。"他总是这么说，"那些英雄主义的小子满嘴都是些不怕死的废话，都是上一场战争留下来的恶果，巴不得在哪场战争里摔断脖子。"

不，她告诫自己，你不能在飞行的时候感情用事。什么是理性的做法，什么是实际的考量，彼得和她的看法大相径庭，但她也不能批评他。如果一个人被困在了沙漠里，再搭上一个人也于事无补。这肯定是——就是——真理。但还是——

一瞬间，她的思绪飘回小时候，她和红头发的迈克总是在跑着，光着脚丫，快活地跑过林间小路。她抬头看向彼得，挤出微笑。"对不起，"她说，"我实在认识他太久，太久了——我没办法不去想他。"

"你不需要想，"彼得说，"驼队会找到他的。"

她知道他说得没错。但她必须告诫自己他说得没错，才能不让自己继续愚蠢地要求彼得开着她的飞机回去寻找迈克。她强迫自己关上思绪的大门，不让突然出现的念头侵入脑袋：如果是彼得被困在沙漠，如果是迈克安全回来了，他一定会坚持再回去寻找彼得。

过了很长一段时间，差不多下午已经过半，她还在固执地想把这些盘旋在脑子里的念头忘掉。父亲房子里的窗帘把直射赤道的阳光挡在外面，太阳才是这片土地毫无争议的王者，哪怕是在终年积雪的肯尼亚山脚下。就在这间永恒的屋子里，光线即将消失，暑气正在退去，雪松搭成的墙壁里笼罩着一种几近平静的氛围。

她坐在宽敞的皮椅子上，后面是书架，她坐在那儿盯着对面的墙壁，却仿佛什么都看不到。他看着彼得耐心又细致地摆弄着他破损的飞机，看着他推出跑道，准备飞往内罗毕。时间过去了一个小时，引擎嗡嗡的响声一直在她的耳边萦绕。

你这是在犯傻，她告诫自己。愚蠢又无谓。就像那些愚蠢又无谓的女人一样，总想要求自己的男人成为一个英雄，因为她们在书里看到的，在电影里看到的，甚至在梦里见到的男人们都是大英雄。这些英雄总会搞得一身刀疤，甚至被炸成碎片，原因无非想要满足某些女人愚蠢的虚荣想法："他做这一切都是为了我！"

她应该庆幸彼得不是那种英雄。他做事谨慎，做得也没错，不管是对迈克还是彼得自己来说，这都是明智又安全的选择。想让迈克活着离开沙漠，最为正确的做法无疑是把他留在那儿，把水留给他，再飞到马萨比特，联系上驼队，把他接出来。这些骆驼肯定能完成任务。过不了多长时间，或许只要几个小时，就能得到消息，迈克一切平安。到时候，她就会庆幸自己办事妥帖，像彼得一样谨慎，让男人们自己解决自己的问题。

但在椅子上她坐不安定，有点烦躁，草草把前额的头发拨到脑后，似乎这样做能把内心的疑问也拨到脑后。她不想思考。思考是她最不想做的事情，她不知道自己怎么了。

她闭起眼睛，直到伊斯梅尔走进屋子。伊斯梅尔来自索马里，是家里的男仆，他的脚步没有一点声响，安静地进行着他特别的仪式。每天下午这个时候，他都会过来焚香。这是一种从红海边的亚丁城带来的焚香，作为索马里人，他对此充满敬重之心。那是一种怀旧的甜味，香气里混合了没

药和乳香，几乎成了马丁家里的一部分，就像伊斯梅尔自
己一样。

　　或许是这种安静焚香的举动，又或许是伊斯梅尔沙沙作响
的坎莎毯子有着催眠的效果，朱厄妮塔睡着了。她当然没想
让自己睡过去。她坐在大椅子上，头一点一点，像个瞌睡的孩
童，有着自己的烦恼。她醒过来——不是被吵醒，而是慢慢醒
过来——眼睛望向燃着香的铁质火盆。半梦半醒间，她看着淡
蓝色的烟，似乎在以一种奇怪的轨迹上升着。同样还有这昏
暗的房间，似乎让她想起了什么，模模糊糊的，却很熟悉。

　　从马萨比特向北直到肯尼亚和埃塞俄比亚边界，科罗利
沙漠漫无边际地延伸着，和天空连成一片。但在那些土生土
长，见惯了沙漠的人看来，科罗利沙漠里有着几处明显与众
不同的标记。那不是一片间或出现一块绿洲的黄沙之海，而
是一片拥挤的沙漠，干得像一把枯骨，却有着自己的陈设。
没有几处沙漠像这里一样，有着数不清的黑色熔浆岩石，被
洪荒年代搅动大灾难的天神雕塑成魔鬼的模样，保留至今。

这些阴沉的巨像无处不在，任何误入其中的人都只能依靠自己。在这些巨石面前，人是那么渺小，但总好过迷失方向。他存在与否已不再重要。如果他有水，他还能靠着水给自己带来幻想。如果他还有希望，他能高歌，如果他有勇气，还能再努一把力——不过是让时间过得快些。

迈克就是在浪费时间。他尝试过了，他也唱过歌了。他个子挺高，身形瘦长结实，像条鞭子一样。他的脸上最突出的特点就是简单。他有一张瘦脸，零星点缀着几颗雀斑，一头红发，一双蓝眼睛。他的眼睛里没有秘密，也很少藏着迷惑。那是一双开放、平静的眼睛。

他穿着一身非洲国王步枪队的长官制服：卡其短裤，同样材质的束腰外衣，整齐地缝着两个大口袋，还有一顶部队头盔。一个金属水壶拴在绳子上，搭在肩头。每当他费力地扛起一块黑色岩石，汗流浃背，把石头拖到他清出来的空地上时，水壶总会大幅度摆动起来。他想清出一条飞机跑道，但这简直是不可能完成的任务。他快活地唱着，声音没什么起伏，也听不出什么调子，那是舒伯特忧郁的《小夜曲》里面的合唱。这些满怀激情的词句漫无目的地流淌出来，在石头迷宫里回响着，周围一个听众也没有。

他清理出一块地方，差不多二十英寸宽，五十英寸长——如果我扔只猫进去，他想着，恐怕地方都不够，更别提转身了。但这没关系。反正可能根本就不会有飞机过来，他只是想在等着驼队的过程中，给自己找点事干。

"在我的窗下，在阴影深处，"——他大声唱着，很显然他并没有注意到，目光所及的地方根本连一块阴影也没有，词句听起来有点讽刺——"有一只高歌的夜莺。"

他停了停，不知道自己是否唱对了歌词，尽管在他目力可及的地方，唯一的鸟类就是一只秃鹫——沉默寡言、全神贯注、一遍一遍地扇着充满希望的翅膀，在天空中盘旋。他不再唱歌了，甚至还埋怨自己为什么要唱歌。唱歌让他的嗓子干极了。他赶忙拽过挂在胯骨旁的水壶，举到耳边，晃了晃。早上，水壶里还汩汩作响，这会儿只剩下叮当的声音了。他想喝水，但得抑制住这种冲动，还有明天呢。

他看了看表，已经下午一点了。手绢里还包着一捧红枣，他吃了四粒，又把剩下的包好，放回衬衣口袋里。他太饿了，嘴里跟身下的沙子一样干，但他似乎已经逐渐适应了这里的炎热。热气无处不在，从地面上散出来，反射到熔浆岩上，均匀地铺洒到他的身上。他不再是沙漠的异者，他成了沙漠的一部分。

他还记得，从理论上来说，一个人在暴晒且缺水的环境下可以生存四十八个小时，这完全是在胡扯。他开始感受到一阵阵眩晕和抽搐，一定是太过劳累了，他想。他着实搬了不少石头，也该休息一下了。

他闭上眼睛，蜷缩在一块石头下面，石头像方尖碑一样从沙地里突出来。他觉得呼吸有点费力，但很快就恢复了。他的手在口袋里摸索着，掏出一块闪亮的方纸片。那是一张快照，几年前拍的，照片里有他和朱厄妮塔·马丁，手牵着手，站在一头豹子的尸体旁边。那是一只四处劫掠的动物，被他俩共同设下的圈套降服了。那是他们第一次伟大的探险。他匆匆地看了一眼照片，又把它放回口袋，想要唱歌的冲动已经完全离他而去。但他不允许自己发出任何伤感的叹息，而这也不过是不得要领的祈愿。

很长一段时间以来，他都鄙视自己是个太过罗曼蒂克的家伙，而所有认识他的姑娘似乎也都这么看。他能做你永远的朋友，是个靠得住的老好人，就像美味醇香的红酒，从来不会冒泡。

他又晃了晃水壶，强按下想要喝水的冲动，开始搬石头。那石头很沉，他把石头从凹进去的部分撬出来，用两手把它举起来，扛到肩上。他费力地往空地挪步，脚腕陷到了沙地里，咸的汗水流下来，杀眼睛，他不由得甩了甩头。

熔浆岩在沙地里埋下刀子，在前行的路上等着。他看不到，一下子连人带石头被绊倒了。他坐在地上，咒骂着自己的笨拙。他不觉得疼，甚至连手指也不觉得。他摔得很轻。
他站起来，拍打着身上的尘土，这才发现自己的水壶盖被石
头砸开了，水洒了一地。他没有去捡水壶，什么都没有做。
他有点站不稳，沙漠的热气包围了他，他眼看着那一小杯水
在脚边化作了一块深色的斑点。终于，他拿出了一根烟——
总共留给他两根——点燃，猛吸了一口。

在我的窗下，在阴影深处——这些词句漫无目的地飘过
脑袋，却没有抵达嘴巴。烟气从指尖直直地飘到空中，好像
魔术师手中的绳索。他懒散地看着，又感到一阵眩晕。他闭
上眼睛，直到眩晕的感觉过去。

好了，他想，终于到了这一步——经典的沙漠悲剧。一
个被困住的男人断了水。多么平庸又夸张的故事啊，简直让
人感到羞耻。想到这里，他想要挤出一丝微笑，但他知道自
己根本做不到。他知道，自己并不累，是太阳在一点点把大
腿和胳膊里的力气耗个精光，让他的视线变得模糊。他几个
小时前就知道了。

又来了——虚弱感遍布他的全身，好像发烧了一样，让他颤抖，让他想要倒进沙地里，一睡不起，把所有烦恼都忘掉。但他再一次等到这种感觉退去，让自己平静下来，紧盯着点着的香烟，好像这样能让他保留下所有的理智，甚至还有希望，这是唯一的办法，凝视着小小的灰色烟柱，往太阳的方向消逝而去。

烟。他闭上眼睛，想起了曾经玩过的游戏——他和朱厄妮塔——和烟有关的游戏。规则很简单。在草原上随便什么离农场不远的地方，生起一堆火，再找地方躲起来。接着拿帽子或是一捆草把烟打成一股一股，像当地人一样发信号。比如，三短一长就是说"快点来，堡垒要被攻陷了"。发信号很有意思，还能知道你特别的伙伴要花上多长时间才能找到你，上气不接下气地赶过来，手里拿着一把石头或是一套万多罗博弓箭，帮你驱赶敌人。

三短一长。半梦半醒间，迈克·科尔的嘴角挂着浅浅的微笑，跪在沙地里，点燃了口袋里的一小堆废纸。他在沙子上爬着，拔了些沙漠草，丢到微弱的火苗里。他又找到了一些干掉的荆棘，一个一个地放到火堆里，好像吝啬鬼不情愿地排出一枚枚硬币。若是还有多迈出一步的力气，他就会再走远一点，但现在，力气就像破瓶子里的水，一点点地从他的身体里流走了。

等到火堆烧到小草丛那么大时，他摘下头上的帽子，一下一下地对着火堆扇风，直到他陷入某种应该是睡眠的状态。烟气笔直地上升，三股短的，一股长的。趁着胳膊还有知觉，他发出了童年的信号。

沙漠草和荆棘烧不了多久。可能只过了五分钟，火苗就小了下来。等到火堆灭了，他也没有发觉。他的红头发散在沙地上，呼吸沉沉的。他唯一的秃鹫伙伴在他的头顶上方，扇着僵直的翅膀，越靠越近。

朱厄妮塔站了起来，颤抖着。她走到火盆旁边，仔细地观察着。焚香的烟气向上飘着，好像连续的蓝丝带。

"那只是梦，"她说，"那不可能是信号。不是给我的信号。"

她走到窗边，打开窗帘，窗外的天空寥廓。她想着自己区区六十小时的飞行时间，她用不太熟练的指南针和计算器，还有她对空旷大地的一贯忧心。她想着彼得的脸，想着如果他知道了自己愚蠢又无谓的想法，还有完全失去理性的动机，会怎么看自己。

"他说得没错，"她告诫自己，"我不能——"

但她拿起了彼得留下的地图，紧紧地攥在手里。她又看了看表，从抽屉里取出护目镜。彼得的脸还在注视着她。她在心里回答。

"我明白，"她说，"我永远也找不到他。"

她的眼里没了睡意，闪着奇怪的光。她穿过房子，沿着小路，头也不回地冲到跑道上——在别人的眼里，那不过是一块草地，而在年幼的她和迈克看来，那里代表着一百件东西：大海、丛林、有着漂亮街道的城市，还有未知的世界——沙漠。

"堡垒要被攻陷了，"她一边跑着，一边小声念着，"堡垒要被攻陷了！"

从半空中往下看，科罗利沙漠似乎是专为困住谁而设计的。千万块熔浆岩里面有的好像人一般高，有的好像俯卧着休息的人形，有的像跪着祈祷的人，有的像挖水的人，但那个被困住的人，他到底在哪儿？他仿佛无处不在，却又无影无形。

她驾驶着吉卜赛飞蛾[1]飞了几个小时，朱厄妮塔·马丁知道，如果没有事先准备，此刻该有多么绝望。她小心地保持着航向，专心地研读彼得的地图，还有那些数字和指南针上的冰冷指针。

---

1 原文为 Gypsy Moth，飞机名。

图纸别扭地搭在膝盖上，拿在手里，她生怕犯下半点错误，切断自己和迈克的联系。她鼓励自己，她没有任何事情。

在西边，那片既不是银色也不是蓝色的水域是鲁道夫湖，颜色暗得好像生了锈，在阳光下缓缓地流着。她的前方，飞机肚子下面，还有远处，她的后方，以及东边，都是沙漠。沙漠向四面八方蔓延着，眼睛能看到的地方全被沙子盖满了。若非如此，或许还能看到一片古城的焦土，倒塌的柱子，烧焦的垃圾，随着时光流逝而渐渐消亡。她感到一阵悲凉，谁要是落了单迷失在这里，可能一辈子都走不出去。她也不得不承认，彼得的决定虽然看起来不近人情，但绝对是理智的选择。就在这里，在童年回忆的驱使下——追寻那一缕烟——她在几乎毫无指导的情况下飞到了这里，仅凭着一时冲动，想要完成这次不可能完成的营救。

她还有机会掉头回去。炎热的疾风灌进敞开的驾驶舱，炙烤着她的脸。她想要看得更清楚些，便把护目镜推到头上，刺痛和强光让她的眼睛噙满泪水。但这些身体上的不适都比不上她内心的恐惧。

有两件事情让她害怕。还有一个多小时，天就要黑了，她还可以在天黑前折返马萨比特。她害怕自己的恐惧会迫使她做出折返的决定。同样，她也害怕自己直到夜幕降临也飞不出这片邪恶的土地——燃料也耗尽了。

她来回盘旋着，经过计算，下方应该就是彼得在地图上画点的位置。四下完全没有生命的痕迹。机翼下谜一样的沙漠静谧异常，她最终决定回去。

她不能一直这么飞着，仅凭一双肉眼在这片一成不变的土地上搜寻，这样做不会有任何结果。时间没有尽头，她不能一直这样下去——仅凭这希望和一对脆弱的机翼——那儿什么都没有。她的心被痛苦折磨着，按下操纵杆，调整航向飞往马萨比特。她觉得自己像个傻子。她什么都证明不了，彼得说得一点都没错。

　　她的沮丧化作了愤怒，愤怒让她变得草率。她推动油门，把飞机的速度提到了临界值，向着马萨比特飞驰而去。时间和空间都被她甩到了后面，吉卜赛飞蛾讥笑着她的失败，而她脸上的泪水绝对不单是因为风。

　　前往马萨比特的行程过半，她终于看到驼队缓缓地踏沙而来，太阳西沉，红色的余光笼罩着最远处的沙丘。她虽说没什么经验，但也很快意识到，驼队偏航了。偏得不多，但距离目标地点至少要相差几英里。

　　她没有犹豫。如果她思考过，就肯定不会决定再次折返，当然，她也不会允许自己思考。飞机画出了一道巨大的弧线，趁着最后的余光，再一次朝着沙漠飞去。仿佛是绝望的举动，她飞得很低，摇摇晃晃地跟地面保持着五百英尺的距离，完全不顾快要见底的油箱。她大大咧咧地抓着操纵杆，绝对不是因为技术过硬，而是因为内心的苦涩与绝望。

　　她开始怀疑，是否她早就应该开始这次搜索，不是从彼得飞往内罗毕的那一刻开始，而是更早之前，几年之前。这问题让她心里难受，眼前再一次模糊了。她开始思考自己对彼得的爱，来得像旋风一样快——从内罗毕的穆海咖俱乐部的舞会开始，就是从那次开始，毫无疑问，可能对彼此也毫无了解。她不知道，但现在，每一次她想起彼得，想起他英俊的面孔、强壮的身体、自由的天性、他总是充满笑意的深色眼睛时，眼前总会不讨喜地出现迈克·科尔的身影，直到两者混为一谈，在她的记忆里合二为一。

她烦躁地想要忘掉这个念头，重新把注意力放到手边的任务上。燃料不够了，没办法支持她再回到马萨比特。黄昏近在咫尺，熔浆岩的影子在沙漠上摊开，好像准备就寝的士兵，但那儿谁都没有。我找不到他了，她想着。她失败了，在这场堂吉诃德式的荒野救援里，她一败涂地。不仅如此，作为飞行员，她还犯下了不可饶恕的错误：让自己身处毫无退路的险境。

飞机的嗡鸣，即将到来的黑夜和绝望让她想要睡去，好像睡眠可以让她忘掉所有的挫败感，让她不再恐惧。她把飞机稳定在一千英尺的高度，向北飞去。下面的沙漠里凉意渐起，吹过机舱和机翼上的风感觉也不一样了。日光一点点消退。她感觉自己不是在半空中飞行，而是在土地上，沙子变得透明，黑色的大石头上闪着光。她再一次把飞机拉向东边，接着向南。

她差不多已经失去了思考和行动的能力，这时眼前出现了一道凹槽，那是飞机轮子留下的痕迹——又深又平整。沙子在流动，到了早上，或许只消再过一个小时，夜风就会把这道印子抹得一干二净。

她想都没想，直接向地面俯冲，她根本没时间思考自己是否能灵巧地驾驶飞机完成侧滑，这根本就是不可能实现的降落方式。谨慎点，再大胆点，好像她完成过千万次这样的降落，把操纵杆向左推，接着按下右边的操纵杆，再反向来一次。飞机左右摇晃着，风呼啸着划过机翼，飞机像只受伤的雄鹰一样直直地往下坠，直到撞上了黑暗的土地，传来一阵电线折断、布料撕毁、木材断裂的声音。她的身子向前一冲，被安全带拉住，随即失去了意识。

等她恢复了意识，太阳早已落山，巨大的阴影吞噬了沙漠。她的头晕乎乎的，双腿发麻，没有感到疼痛，也没有流血。她不疼，但她看到自己的飞机撞上了高耸的石柱，折断了一边翅膀。飞不出去了。她解开安全带，爬出驾驶舱，看着她的飞机。没有一点活动的迹象，也没有一丝呼吸的声音。

她大叫着，却没有回应。她爬回飞机，翻出一瓶水和一个手电筒，拼命地挥着。白色的光线穿过石头投射到沙丘上，又掠过沙丘照向另一块石头。什么都没有。

她从飞机上下来，在没了形状的残骸中穿行，脚步一瘸一拐。她叫着迈克的名字，回应她的只有回声。绝望涌上心头，要填满了，这时手电筒的光照到了脚边的一块灰烬——黑色的，小小的一堆，灭了很长时间，好像一捧金色的灰土躺在手挖的小坑里。是一小撮死火。旁边还有一顶烧焦了的破帽子。她循着印子找到了迈克，那是他疲惫的脚印，在不到五十英尺之外。他的红色头发仿佛失去了颜色，被旁边的沙土衬得发暗，脸上的皮肤已经焦黑开裂了，眼睛闭着。

她扔掉手电筒，抬起他的头，把水凑到他紧闭的唇边，倒上去，强迫水流进他嘴里。过了很长、很长一段时间，他才动了动，睁开眼睛望着她。仿佛还不能确定，又抬起一只手，摸了摸她的脸颊。

"你怎么知道的？"他的声音好像大梦初醒的孩子。

她似乎还听得到，彼得耐心又谨慎的声音从远方传来，提醒她在飞行时不能感情用事。在生活里也不行。她不想回答迈克，只是把心贴向了怀抱中迈克的额头。她现在才明白，其实自己一直都知道，心会带她找到通往迈克的道路。

在《心会给你答案》一文里，顺从的主人公朱厄妮塔决定自己驾驶飞机到沙漠里寻找儿时的伙伴。柏瑞尔完全可以为这样的故事给出丰富的背景信息，因为她本人就曾多次驾驶着猛禽飞机搜寻那些未能抵达目的地的飞行员。但是，很难相信柏瑞尔会在现实生活中把自己置于朱厄妮塔的困境，朱厄妮塔在没有足够燃油的情况下仍然坚持寻找同伴。

当写到彼得回应朱厄妮塔的救援建议时，柏瑞尔引用了她的飞行导师汤姆·坎贝尔·布莱克的话："在救援队已经出发的情况下，再跑回去救人是愚蠢的做法。一个优秀的飞行员绝对不会让自己两次陷入同样的危险境地。如果你想成为优秀的飞行员，就一定要记住这一点，飞行的时候绝对不能感情用事……都是因为那些浮躁的飞行员，人们才不信任飞行。那些英雄主义的小子满嘴都是些不怕死的废话，都是上一场战争留下来的恶果，巴不得在哪场战争里摔断脖子。"这听起来就像是汤姆会说的话。他是一个小心又谨慎的人，曾多次参与救援活动，包括对恩斯特·乌德特的救援（恩斯特是第一次世界大战期间的知名飞行员，是里希特霍芬红男爵战斗机中队成员）。

（本文首次刊载于《妇女家庭杂志》，1944 年 1 月刊）

改变

不少人曾经迷失，后来又找到归途——有些人迷失在非洲，有些人迷失在科罗利沙漠，那片怪石遍布的沙海——大部分时侯，他们都有一肚子故事要讲，人们也愿意听他们讲。

我第一次见到他是在内罗毕的一家枪械店。他是大块头，很年轻——应该只有二十六岁——对枪一无所知，好像也没什么兴趣。他刚刚搬到肯尼亚，却不是来种田的。他在茂森林附近买了一大片未经清理的土地，常有豹子劫掠牲畜。他需要一把来复枪，他告诉店员。他看了三四把枪，手里摆弄着，脸上丝毫没有尊敬或是欣赏的神情。他的手很有劲，又粗糙，徒手掰开制造精良的枪械后膛，轻松得好像掰开锈铁片。最后，他选定了一把设计出色的轻型斯普林菲尔德步枪 [1]，像扛着斧子一样扛枪出了店门。

店员摇了摇头，看向我。"他肯定连窗户都不关，"他说，"枪管准得生锈。"

---

1 又称春田步枪，是一种旋转后拉式枪机步枪，是美军在第一次世界大战及第二次世界大战时的制式步枪。

"我猜是吧。"我说。我并不在意他是否会拿步枪去劈木头，但我还记得他是怎么用他的那双手的。

这其实也是他使用万物的方法。我们对他了解得越多，就越发现他的心和他的手一样粗糙。他不是个残酷的人，但在别人眼里，他没什么感情，对于无法为他所用的东西，他没什么好奇心。面对理解不了的东西，他也只会耸耸肩。但他也能在自己了解的领域中创造奇迹。

他用了很短的时间就把一百英亩的农场清理干净了：把开阔林地里的树桩炸平，组织水牛队拖走大石头，最后又在土地上犁出一道道宽窄适宜、间距合理的小沟——他的做法似乎不能叫作"犁地"，更像是在焦躁的盛怒下逼着土地屈服。他没什么治理土地的才能，对此也毫不掩饰，但他知道化学的办法能让土地增产。

他的房子几周就盖好了。房子的位置很高，孤零零地立在荣盖村的边缘上——好像冲破柔美天际线的黑色入侵者。

房子很干净，方方正正的，多少有点荒凉。没人能进那房子，他也没打算开门迎客，尽管大家也乐得跟他保持距离。但光论房子，质量好得没话说。这房子造得结实、安全——是个完美的庇护所——给雪松铺板钉上最后一颗钉子的时候，约翰·克雷格决定结婚了。

这不是什么出格的决定，只是有点太刻意了。每个人都吓了一跳，因为他选定的结婚对象明显是他可望而不可即的姑娘，也肯定是他理解不了的那种女孩。她的名字叫作安妮·巴顿，克雷格见过她不止两次。但不管怎样，她正在和另一个男人恋爱——拉里·阿博特，独立飞行员，交友广泛，但名下一毛钱都没有。

每个人都知道安妮和拉里，似乎安妮和拉里已经成了一个人的名字，尽管如此，两人的关系还是有些奇怪之处。恋爱三年，他们终于要结婚了。人们都觉得这就是水到渠成的事情。但他们的关系一直停留在"要结婚"的状态，最终也没有结成，纯粹是因为拉里总是存不够结婚的钱。但拉里和安妮又是密不可分的，他对她的爱慕每个人都看在眼里，约翰·克雷格也不例外，但这对他丝毫没有影响。他已经做好准备要找个人结婚，而安妮·巴顿就是他想要娶的女孩。

他径直去找了安妮，为她献上完美的求婚，其莽撞程度只有那种特别自负的人才做得出来。他的求婚被拒绝了，以一种略显优雅但同样莽撞的方式。

安妮·巴顿人很温柔，女人味十足，在我看来，她的智慧明显超出了同样漂亮的二十二岁姑娘。她身形纤细，栗色的头发下面是一双深邃的眼睛，闪着好奇的光。或许那也是双忧郁的眼睛——至少是双若有所思的眼睛——尽管如此，她也是个爱笑的姑娘，和朋友在一起的时候，总是笑声不断。她一个人住在内罗毕，靠着做秘书的薪水度日。她爱着这个世界，这份热爱让她成了一个女雕塑师。尽管她从未接受过专业的雕塑训练，但她的手总能和黏土产生奇妙的反应，所塑即所见。

她自然是拒绝了约翰·克雷格的求婚，既没有恼羞成怒，也没有半点矫揉造作。只是告诉他，应该去多见几个女人——除她之外的女人。

"只当个大男人是不够的，"她说，"哪怕你再强壮，再有能力。但女人们不是乞丐，约翰。她们并不是只能被动地接受。她们也有选择的权利，要求之高是你想象不到的。很遗憾你还不明白这些，但有一天你会懂的。"

克雷格转身走了，这个巨人的内心被深深刺痛了。他还保留着自己的骄傲，无法相信自己的失败，因为除了他自己，谁的话他也不信——可能他一辈子都是这样。但后来发生的一件事——他和拉里·阿博特不可避免的争吵——对他产生了巨大的影响。或许是因为这件事吧，但我至今也无法肯定。

那时候，我是个自由职业的飞行员，大部分飞行知识都来自拉里，我们差不多每天都会在内罗毕机场碰面。他太热爱飞行了，满脑子都是飞行任务，根本没心思打理自己的生意。他运营着两架飞机，却没赚到什么钱。要知道在那时候的东非，飞行生意还是个能小赚一笔的营生。他是瘦高个——当时大约二十四岁——没什么惹眼的地方，除了他如炬的灰色眼睛、漂亮的手，以及一抹为小悲剧保留的微笑。对他来说，万物皆有意义。他能独自和飞机待上好几个小时，通常是在晚上，因为就像他某次说到的，他十分享受这"黑暗的陈设"。

　　总而言之，他之于约翰·克雷格就好像飞机之于犁头，毫无共通之处。也正因如此，他和安妮的婚姻更显得像板上钉钉的事情。但纵然他深爱着安妮，他同样也热爱孤独，这让安妮感到恐惧。很多时候，他会独自钻进驾驶舱，挥挥手，驾驶飞机扬长而去，踏上完全无利可图的飞行之旅，几天不见人影。他会飞去坦噶尼喀，或是阿比西尼亚[1]，甚至是比属刚果，归航时分，整个人都会变得神清气爽。接着他就会去找安妮，看着她在狭小的工作室里摆弄着未完成的黏土雕

1　即今天的埃塞俄比亚。

塑。他们会聊上好几个小时，一起笑个没完——做着那些永远无法实现的梦。他丰富着她的精神世界，她回报以善意和喜悦。但是，作为女人，她需要一种他无法理解的满足感。他一次次地向她求婚，又一次次地被她拒绝，因为她知道，他把婚姻想得太简单了——她需要的是他对婚姻的深刻理解和一份责任感。反复求婚被拒让他很受伤，所以当克雷格莽撞的求婚故事传到他的耳朵时，他自然是惊呆了，怒火中烧——他震惊于克雷格竟能做出如此鲁莽之事，他愤怒是因为他头一遭发现安妮，无论结婚与否，竟然不是完全属于他的。

"克雷格可能还不了解情况，"拉里对我说，"但这不是借口！一个男人怎么可能找到一个几乎不认得的女人，跟她说：'看，我有个农场、一个新房子，还有几头牛，现在我想让你成为我的妻子！'什么样的人能干出这种事情？"

我们正站在机场的机库前，等着跑道上的低云散去。拉里红褐色的头发被清早的微风吹成一团，滑稽地打着卷。他的飞行套装——衬衣、便裤和球鞋——皱皱巴巴的，但也还算干净。他用食指转着护目镜，画出略显紧绷的弧线。

"什么样的人啊？"他重复了一遍。

我没有立即回答他。我知道克雷格是什么样的人，但我也了解拉里——知道他不太负责任的性格，总好像那些实际的事务跟他没有半点关系。在我看来，他就像是半个男人，敏感、热情，永远无法做出决定的一半，而约翰·克雷格是另一半，健美、用心又自大的一半。任何一个人都不完整。他们二人，在我看来，都缺乏对方的品质，也正因如此，他们彼此蔑视，最终一定会结下深刻的仇恨，尽管彼时，他们两人不过是点头之交。

"约翰·克雷格不是个情感细腻的人，"我说，"但他绝不是想羞辱安妮。他只是不明白那些礼节，不知道怎么才能更得体点。"

"或许还有其他原因呢，"拉里说，"除了他的农场，还有粗鄙的虚荣心。折不弯的就直接掰断。这毛病有不少法子能治呢。"

他接着耸耸肩，走进机库，我径直走向了跑道上的飞机。

我父亲的农场紧邻克雷格的农场。周末时，我会从内罗毕开着飞机北上，回到农场，或是在往内陆运送信件和猎手的生意不太兴旺的时候回去。在农场时，我偶尔会看到约翰在田里干活，或是喂牲畜。他还是老样子，享受着自己的孤独——高大，手掌粗糙，耿直又生硬。有的时候，他又仿佛受到了社会的排挤，只因他不会别人那套闲聊的语言，不会突然爆发出笑声，也学不会这套社交礼仪。

有一天早上，我骑马从他的草场一角走过，看到他正在调整栅栏间的铁丝。他所用的工具只有一根带钳子的小撬棍和一把锤子。他用钳子固定住铁丝，拉紧，固定到栅栏桩上。我看着他两次弄断了粗壮的铁丝，轻松得好像拉断了一根晾衣绳。或许当他的力量从结实的臂膀中传导出来时，他就无暇注意力道了。当然，经他调整的栅栏肯定比别人家的要结实得多。

直到全部完工，他才会抬起头，微微颔首。在肯尼亚灿烂的阳光下，他黝黑的大脸盘显得如此醒目，甚至还有点可怜。他从下巴和脖子上抹掉一把汗水，站在那儿，等着我的评价。一切都写在他的眼睛里。他的眼神好像骄傲的孩子等着大人的夸奖。但与此同时，那也是一双戒备的眼睛，时刻准备迎接挑战。

我和克雷格当时正在一个高坡上，从我的位置正好能俯瞰他的整片农场。农场的设计十分完善，整齐得好像测绘员精心临摹的图纸。一切都井然有序，不免让我觉得农场上散布的牲畜也是有意为之，故意放在那儿让设计更加完美的。

"你觉得怎么样？"他问。

"太精致了。就好像设计图——跟设计图一模一样。"

赞美让他喜悦。他骄傲地看着亲手打造的一切。但很快，他转过头，好像有点生气似的，皱着眉看向我。

"很好，"他说，"很好！那请跟我解释解释，你一辈子都住在这里，你也认识安妮·巴顿。如果我的农场真像你说的那么好——有什么理由让她不想住到这里来？"

或许一个布列塔尼的农民也会问出同样的问题——对某些男人来说，女人不过是一个实惠的补充，点缀着他的牛舍、鸡窝和厨房。但克雷格不是个农民。

"你的农场没有问题，"我说，"但女人们也不是要嫁给农场。至少安妮不是，你也该明白这一点了。"

他只是耸耸肩。"那她也不能靠着做梦活着，"他说，"或是空气——特别当她的男人大部分时间要么在做梦，要么就在天上乱飞的时候。"这显然是在影射拉里，他的语气很冲，但说的也是事实。比语气更冲的则是他不加掩盖的鄙视和轻蔑。

　　"拉里也不是个农夫，"我说，"他不擅长这个。但你也不是个飞行员——或许你去试试开飞机，也会发现自己不行的。"

　　他立刻直起身子，头微微偏向一侧，好像我说的话让他难以置信，我知道我犯了大错。他绝不是那种会承认自己不行的男人，现在他受到了挑战，虽然不是被直接下了战书，但比较的对象正是来自他从心底嫉妒、痛恨的男人。

　　"飞机不过是台机器，不是吗？"他说。

　　我点点头："飞机就是台机器。"多说无益，尽管我本想告诉他我们正在驾驶的飞机绝非一台机器那么简单，换句话说，也不完全是一台机器。它们是由木头、电线和布料组成的幼鸟，多数时候装载着一个让它们的脆弱骨架难以承受的超大引擎，或者用拉里·克莱姆的话说，引擎太弱了，不得不让飞行员用钢琴师般的细腻手指，让飞机和引擎在狂风暴雨中还能"琴瑟和鸣"。

但约翰·克雷格接着说："我了解机器。我也能操纵机器，尽管我从未觉得这是对男人的一种试炼。但看起来，女人还是会被这种事情吸引——掌舵的男人，开飞机的男人，脚不沾地的男人。那好吧，如果她们喜欢这个，那就太简单了。我飞就是了。"

他的话不过是男人们一贯的夸口，听起来就像是在说："我了解女人。我能操纵女人！"

我骑马往父亲的农场走去，一回头正看到克雷格劈开一段雪松木，准备做篱笆。他甚至都没有耐心用上楔子和锤子，只是愤怒地、狂野地挥动着他巨大的斧子。两天后，这幅场景再一次出现在我的头脑里。克雷格大步流星地穿过机场，要求拉里教他飞行。我和拉里都震惊坏了。

那是一个令人不安的奇怪时刻。沉默中，两人彼此憎恨之情渐长，这种不理智的情感无形地增长。尽管他们彼此间根本毫无了解，陌生得不知道该如何激怒对方。

他们对望了一会儿：拉里，瘦高个，一动不动，从外表上看很放松，脸上挂着苦乐参半的微笑；克雷格，大块头，一脸傲慢，站在机库门口。克雷格手里拿着一小块报纸，上面印着拉里的小广告。广告登了几个月，没给他带来多少收入，倒是取悦了那些着急贩卖广告位的朋友。约翰·克雷格站在那儿，手里拿着广告，问道：

"你就是阿博特，对吧？你也该知道，我是约翰·克雷格，我想驾驶飞机。你可以给我露上几手。"

从他的声音里，你可以听到全世界所有的纡尊降贵——强迫一个坚定的现实主义者不得不屈尊和一个梦想家对话。当然，梦想家可以轻松地付之一笑。我也希望他能这么做。但在拉里的本性里，还有一种更为细腻的品质。我看着他的脸，脸上还挂着干巴巴的阴郁微笑。他的灰色眼睛因为讽刺变得通红，但眼神坚定又体贴。他知道自己面临着怎样的挑战。他的视线从克雷格的脸上挪开，瞥向他的大手，那双手好像一对粗糙的大钳子。接着他又若有所思地望向跑道上的小飞机，机身正在晨风中微微发抖。飞机是天蓝色的，机身上端端正正地印着两个字：安妮。他又看向我，朝着约翰·克雷格手中的报纸点点头。

"这就是铅字的力量，"他说着，一脸讽刺地微笑着，"连接所有人，传递所有事。行吧，克雷格，咱们飞吧。"

他们立刻就出发了：拉里控制操作杆，态度里满是不屑；克雷格坐在后舱，肩膀挺着，满是傲慢。小飞机终于起飞了，带着两人彼此的怨恨冲上云霄。让这两个人共处一地，恐怕没有比机舱更小的地方了。他们飞走了，时间和空间都属于他们了，我便继续自己的工作，按照常规飞往蒙巴萨。

接下来发生了什么很难复述，因为部分故事已经缺失。

　　我在天黑前顺利返航，把猎鹰飞机停在所谓"机场"的粗糙空地上。拉里·阿博特和约翰·克雷格还没有回来。没有口信，也没有其他任何消息。当时，我并没有很担心，因为跑道边缘的信号灯还亮着。我随即返回内罗毕市区，告诉自己，他们晚上就会回来。

　　但他们没有回来，接下来的一个晚上也没有回来，第三个晚上也没有，没有任何消息。什么都没有。

　　第二天，我去了安妮家，告诉她一切。我立刻就在她的脸上看到了为拉里担忧的神色——为他们两个。她并不讨厌约翰·克雷格，但她害怕嫉妒和暴怒，还有他的力量会让他做出什么事情。她也了解拉里，知道他的固执，他决心好好羞辱一下这个大个子。简直就是小刀对大棒。

　　"这绝对不是传闻，"她说，"这个国家让人变得古怪。这里地方太大了，人们都晕乎乎的，全都忘了克制，也丢了理智。他们就不该一起上那架飞机！"

她没有被绝望的情绪左右，而是陷入了深深的忧虑。我看着她在狭小、杂乱的工作室里来回踱着步，这个瘦削的、充满活力的温柔少女。她简直还是个孩子，我想着，在雕塑支架和成团的黏土之间，她显得更加瘦小。不过都是幻想，我突然明白了，因为我记得她曾经站在某个完成的作品前，沉重地看着自己的双手，告诉我："我希望这是个孩子——我的孩子。"这是拉里永远理解不了的，因为孩子意味着牺牲，意味着和梦想的永别。孩子会带来责任、平凡的生活，还有忧虑——幸福地毯里的粗鄙针脚。约翰·克雷格也理解不了。

我站起来，向门口走去。"我早上出发，"我说，"去马萨比特。他们往北去了。"

那时候还没有广播系统，所以在东非，没有任何的短波电台。如果飞机失去了联系，你能做的就是最简单的事情：出去找，希望它只是遭遇了迫降，并且停在了更好的地方，只要别是广袤的茂森林、乞力马扎罗山的陡坡，或是南边热气腾腾的大象王国。我还抱着希望，因为我曾经多次出发寻找失联的飞机——还找到过不少。

但这一次，我没有找到，也没有人找到，尽管我们组织了无数搜寻队。接着，在经历了十一个漫长的日夜后，信使传来了消息：一天早晨，有两个人从科罗利沙漠的边缘走了出来，来到一个印度商人的帐篷。他们正是约翰·克雷格和拉里·阿博特，自然，两个人都奄奄一息。

不少人曾经迷失，后来又找到归途——有些人迷失在非洲，有些人迷失在科罗利沙漠，那片怪石遍布的沙海——大部分时候，他们都有一肚子故事要讲，人们也愿意听他们讲。但这两个人没有。有一些当地人和殖民官记得，白天的时候见过一架飞机飞过，当时天气晴好。也有人说飞机的航路很奇怪，机身一直在摇晃。还有人说他们眼见着飞机径直开到了沙漠，好像是故意开过去的一样。或许这些都不重要了，或许约翰·克雷格和拉里·阿博特在那片沙石监狱里度过的十一个日夜也不重要了，因为他们都不肯再提起这件事。

　　但，还有一个人，那个照顾他们的印度商人。他断断续续地用他的方法给我讲了几个小时，渐渐拼出了故事的一部分。回想和他的对话，我觉得他不是个喜欢刨根问底的人，所以他告诉我的都是他记忆里的事情。他是个锡克教徒，头上裹着灰扑扑的大头巾，但和他泥土般的肤色和疲惫的双眼比起来，竟显得那么白，那么清爽。

　　"我是在黎明时分看到他们的，女士[1]，"他说，"以肉眼看简直不像两个活人，更像豺狼嘴边的两块肉。但他们还有气，豺狼不吃喘气的东西，女士。我把他们带到了这儿。"

　　他的商贸小屋——他的杜卡[2]——四面胡乱涂抹的泥墙。他贩卖的商品既包括昂贵的奢侈品，也有一些艳俗的当地部落制品。这两个人走得很慢，他赶快上前帮忙，把他们带回来。他们需要水，他给了他们水，一直用水润着他们的嘴唇和灼痛的眼睛，直到他们睡去。

---

1 原文为 memsahib，旧时印度仆人对已婚欧洲妇女的称呼语。下同。
2 原文为 duka，意为（肯尼亚和东非其他一些地方的）零售商店。

"他们没受伤吗？"我问，"除了晒伤？"

他看了看太阳，似乎是在征求它的意见，接着看向我："太阳，女士，有时会掐死一个人，但绝对不会在脖子上留下印子。"

我犹豫了，但他似乎不紧不慢。"哪个人？"我最终还是问了出来。

老锡克教徒摇了摇头。他说得很清楚："大个子的印子留在另一个人脖子上。很深的印子，女士，那是死亡的记号，但大个子的手指头断了。"他意味深长地笑笑。"小个子能掰断小骨头。"他说。

"知道了。"我点点头，回应道。

事情发展到了这一步，我很想知道是什么促成了这一场在沙地中的安静又孤独的搏斗。两个男人——都很强壮，其中一个更为强壮——挪动着，摇晃着，摸索着，想要结果了彼此的性命。刀子对大棒——快速、灵敏，又锋利如拉里，健壮雄劲如克雷格。

"然后呢？"我问锡克教徒。

"他们两人身上都有血，"他说，"还有一件怪事，女士——当我找到他们的时候，两个人的伤口都被仔细包扎过了，用的是彼此的衣服！"

他没再给我提供更多的信息，以后也不会了，因为这是他了解的全部。我离开的时候，他递给我一张皱巴巴的字条，上面是拉里的笔迹——字条是锡克教徒从克雷格躺过的地方捡到的。

"我不识字，女士。这有什么意义吗？"

于我，这字条很有意义。这是那种在引擎声音太响，无法对话时写下的字条。我慢慢读着。

"最好承认你开不了飞机，克雷格——现在开不了，可能永远都开不了。你现在飞到了科罗利上空，有麻烦了。我可以接手，我也愿意接手——只要你这么要求。快收起你的骄傲吧。保住命，学着点。"

这就是了——拉里，永远挂着嘲讽微笑的拉里，眼看着小飞机在克雷格粗大手掌的操纵下，一头冲向滚烫的流沙，翻滚不停。还有克雷格，完全失控地猛按着操纵杆，紧紧地抓住小棍，好像抓着一把大斧——不停地对天诅咒，宁可坠毁在科罗利沙漠，也不会求救。他们就这么坠机了，原因不过是想要试炼彼此的勇气，好像两柄交错的军刀。钢对钢。骄傲对骄傲。男人对男人。

但最后，就像老教徒说的："两个人的伤口都被仔细包扎过了，用的是彼此的衣服！"

敌人——一时的伙伴——终究没能成为朋友。或许他们
共同经历了这么多，更容易成为朋友，但他们没有。他们此
后从未说过话——他们也都变了。就好像两个迥异的元素被
关到了同一个格子里，直到彼此获取了对方的部分品质。

没过多久，安妮和拉里结婚了，再后来，安妮有了自己
的孩子。拉里的为人和生活也慢慢发生了改变——多了一份
警觉、一种方向感。他开始规划航路，把梦想化为了实际的
收入。他买了不少设备，砍价的时候一分不让。他像变了个
人。过去认得他的朋友还记得他苦乐参半的微笑和他无所谓
的生活态度，后来都被他的"动力"折服。他迎来了成功，
安妮也收获了女人的幸福。

克雷格见过她一次，是来道别的。他傲慢的态度神奇地
烟消云散，农场也变了样子。他的农场不再像图纸一样完美，
反而成了一个温暖、幸福，却又乱糟糟的地方，里面到处是
随意觅食的牲畜和不平整的土地。最终，他卖掉了农场，离
开了非洲——我猜是郁郁寡欢地离开的，但后来我又听到了

有关他的消息。

几年后，一个来自英格兰的朋友问我："还记得克雷格吗？"我的脑子里一下子就出现了这样的画面：一个大个子愤怒地挥着巨大板斧，劈开一棵大树，好像为天神锻造武器的伏尔甘。

"我还记得克雷格。"我说。

"他现在是个医生了，"朋友说，"在伦敦贫民区的儿童诊所里当外科医生。"

我赶忙凑过去，说出了唯一能说的话，也是脑子里唯一一闪过的话："医生？还是外科医生？就凭那么一双巨手？"

朋友点点头，微微一笑。"是的，"他说，"就凭那么一双巨手。"

这一则故事里的高大、莽撞、有着一双粗糙大手的约翰·克雷格的原型可能是柏瑞尔的第一任丈夫乔克·珀维斯。柏瑞尔十六岁时嫁给了苏格兰前橄榄球运动员乔克，他的年纪是柏瑞尔的两倍。他曾是柏瑞尔父亲的邻居，文中与约翰相遇的场景应该与现实一致。"我骑马从他的草场一角走过，看到他正在调整栅栏间的铁丝……"柏瑞尔和乔克的婚姻只持续了不到两年。这不禁让人联想，文中笨拙的约翰虽然擅长打理农场，却无法明白敏感的安妮感情上的需求，可能就是柏瑞尔自己故事的写照。

乔克最终回到了伦敦，成为《泰晤士报》的一位体育记者。或许是这样的转变超出了柏瑞尔的预料，她因此在文章的结尾给约翰·克雷格安排了一份看似不可能的职业。

［本文首次刊载于《妇女家庭杂志》，1946 年 1 月刊］

THE SPLENDID OUTCAST

第 四 部 分

Part Four

逃兵

　　它只能更用力地喘气，它也没有别的办法呼吸——它要去拼！它可能到死都不明白为什么这条赛道会这么长，为什么每匹马看起来都比它健壮。但它还是要去拼——从头到尾，永远都要去拼！

　　马特·狄克逊的嘴唇一动不动。他的灰眼睛不情愿地盯着那女孩，却没有回应。他的两手放在桌子上，攥成拳头，好像手里紧握着她想听到的词语。英国的太阳照进屋子，像金色的缎带，给那些本该暗淡的物件披上光辉，女孩精致的脸庞没有感到半点温暖。

　　大理石上的太阳光，马特·狄克逊想着。他看着她在椅子上动来动去，虽然算不得傲慢无礼，但他也能看出她的不耐烦，每次提出不现实的要求还想要得偿所愿的时候，她总会动上一动。或许是因为漂亮才让她们成了这样，狄克逊想着。美丽让她们变得傲慢，就好像力量让某些男人变得傲慢一样。

　　"希拉·伯克利？"人们这么说，"啊，没错——就是那个美人！"或许是得到的赞美太多了，她对于自己的美貌似乎不屑一顾，好像人们是在赞美她漂亮的白貂皮："我猜是挺不错的，我拥有它太长时间了！"

狄克逊松开拳头，看着空空的掌心。拖延没有好处。"希拉，我没办法给你任何保证。"他说。

女孩好一会儿没吭声——她的蓝色花呢外套剪裁堪称完美——最后终于开了口："我拥有英格兰最好的赛马——至少别人是这么说的。我雇了最好的驯马师——就是你——至少是最贵的。我知道我很幸运，有这么完美的骑手，更不用说你万人迷的儿子肯特，他也在我的麾下。但还是……"

"但还是，"马特接过话头，"没办法承诺能跑赢比赛，或是预测结果。我没办法鼓励你押上一切，就赌坦普勒能赢下经典赛，哪怕它是匹好马。我也没办法说它就一定得输。马不是机器，骑手也没办法创造奇迹——任何人要是声称自己能预测比赛结果，他就肯定是个撒谎的骗子！"

他离开桌子，在小屋子里踱步。他是个精瘦的男人，像条皮鞭子一样饱经风霜。他转向她。"你为什么要赛马？"他问道，"为什么——你们所有人——为什么要赛马？"

"为了钱，马特。"她微笑着回答，"我赛马为了赚钱。我爸爸不是，但当他去世的时候，就已经输了，或者也差不多了，他这种可爱的多愁善感只能让他一败涂地。他爱的是高贵的赛马。我更喜欢实在的英镑。吓着你了吗？我没办法。我没资格不这么想。坦普勒花了爸爸一万英镑，无论如何我都得把这笔钱赚回来。"

"它已经赚回来十倍有余了。"

她耸耸肩："但不是给我赚的——明天我们要去经典赛。也许这是谣传，但我也听说有些人会赌马——那些知道门道的人。"

马特没有屈服。"坦普勒可能赢不了，"他说，"它和肯特都会尽全力。他们可能会输掉比赛，但他们都会尽力的。多说无益，你也别再问了。"

"我当然要再问下去！"她跳起来，站到他的面前。她不很高，但很瘦，身形像纯种马一样漂亮。

构型好，马特想着，也就只有构型好了。教养好，但心胸太小了。在哪儿都能见到这样的——男人、马、女人。

"我必须要求更多。"她叫嚣着，她的声音里早已没了冷静，取而代之的是恐慌和急迫，"马特，他们要赶上了。我要输掉一切了——我的房子、地，还有父亲留下的一切——都要输给债主了。都来怪我吧。是我让钱都打了水漂，全都赌输了。他们说得没错，不花钱我就生活不下去。我必须把这场比赛赢下来，明白了吗？只要让我知道该押哪匹马，坦普勒输了也没关系。帮帮我吧，马特，帮我作个弊吧！我不在乎你怎么做！"

他冷冷地沉默着。"我在乎，"他说，"肯特也在乎。他不光是我的儿子，他还是英格兰最受尊敬的骑手。他绝对不会操纵比赛，我也不会。坦普勒会光明正大地赢得比赛。它不会因为你下了注就畏首畏尾，希拉。如果你想让我这么干，我可以告诉你，这不可能。如果你输了——那就输了，但不能退却。有些人会当逃兵，但我希望，杰夫·伯克利的女儿，不会……"

"好赌成性？"她反问道，"是这个词吧？就一定得重复这老一套的说辞吗，马特？"她走近他，盯着他的眼睛，好像公开的较量。"听着，"她说，"你是看着我长大的，你也知道我过不了穷日子，绝对不能让朋友看不起我。我也受不了别人嘲笑我负债累累。如果我能卖掉坦普勒，我肯定会卖掉它，还有那些捏造出来的故事和传说。全都是些废话，说它有伟大的心灵、浩然的品格等等。但我爸爸不让我卖掉它。所以我才被困住了手脚，但我现在有机会了！"他看着她高昂着的漂亮面孔，等着她尖锐的矛头射过来。"如果我要求的事情你做不到，"她说，"我也不会认输。肯特爱我，他会为我做到的——你和我都很清楚这一点！"

很久以前他就已经见识到希拉有多擅长施展自己的魅力，就好像音乐家灵活地控制音符和琴弦一样。她能调动起男人们不同的情绪，其中一定有欲望。肯特和其他男人一样——很年轻——和她一样年轻。他们从小就玩在一起，男孩子对友谊的赤诚，还有对她美貌的热爱，随着年月增长。现在他的技术和技巧日趋完美——近乎伟大。虽然还不似弗雷德·阿彻[1]般伟大，但他们的差距一天天地缩小，越缩越小。

马特·狄克逊的嗓子里含混着恐惧，但他还是挺了挺身子，接受了她的挑战。

"我们保证会干干净净地比赛——我和肯特——别的没了。"

---

1 Fred Archer，维多利亚时期英国著名的平地赛马骑手，被誉为"有史以来最好的全能骑手"。

她微微一笑，笑容里有着轻松的肯定，接着径直转身离开了。马特听着她发动了宾利车，一骑绝尘。不用看他都知道，她一定会找到肯特——大概会在坦普勒的马厩附近。肯特像春雨一般可靠——他一直是这样。但希拉像春天一般可爱，令人难以抗拒。但是——要放弃一场比赛、一份事业，还有一个男人的骄傲，只为一个女孩子——一个像这样的女孩子……

"我的儿子不会。"马特·狄克逊默念着。

他不再去想，走到外面，空气能洗尽尘垢。但他还是看到了女孩蓝色的宾利车停在了坦普勒马厩的附近，他知道这令人生疑。

肯特·狄克逊站在马厩门口，大门的拱形外框上刻着这样的句子："在场上，在场下，众生平等。"这不是什么深刻的句子，事实可能绝非如此，但他和他的父亲都愿相信这才是应有的行事准则。

他把思绪从传奇故事中拉回来，看向希拉·伯克利迷人的蓝眼睛。

所有这些事情让他难以抉择。他的脸上——那张直率又好奇的脸上，隐藏不了任何秘密，挂满了忧郁。和大部分骑手不同，他是高个子——跟伟大的弗雷德·阿彻一样高。他很瘦，差不多和他擅长策马跨越的栏杆一样。他很强硬。大部分时候，他都表现得很强硬。他有着富于感情的双手和坚定的意志，像鞭子一样抽打着这些纯种良驹，释放出身上所有的能量。而这一次，他还能这么强硬吗？

他的视线从女孩身上移开，望向遥远又熟悉的地平线，接着又落在女孩浓密的头发上。

"肯特，如果你不帮我，"她说，"我就要输了。"他听着。

他听着她说的每个字，看着她的泪水。他把她拉近了些——童年时光一去不返，自此他再没这么做过。应该是自那次事件之后——他们绝口不提的那件事。要是没有发生那件事，他想，或许还有机会拒绝她的恳求。

他还记得，很久之前的一天，希拉被一匹愤怒的公马堵在马厩里的场景。这个茶色头发的小女孩喜欢这匹马，太喜欢了，但并不懂这匹马。

她喜欢它光亮的毛皮和极具进攻性的美感，但她的心里一直藏着恐惧。为了这马，她努力压制着内心的恐惧，但她不知道要怎样才能抚平它内心的火焰。那时候，她以为爱和崇敬就够了，所以她向它奉献出所有的爱和最深的崇敬。一天早上，她鼓足勇气走进它的单间马厩，关上门。

这不是她头一次这么干，她已经做过好多次了——从一开始的战战兢兢，到后来的轻车熟路。那天早上，她蹑手蹑脚地溜进去，马匹正在进食。马受了惊，一下子暴怒起来。所有的恐惧都化为愤怒，它一下子冲了过来，想要用牙齿咬住她，用蹄子踢倒她。

在那漫长又恐怖的几分钟里，她畏缩地躲在饲料箱下面，挥着小小的骑手帽抵御着它的进攻。她哭了——不光是因为恐惧，更是因为它的背信弃义。

是肯特找到了她，把她救了出来。在他孩童的臂弯里，她得到了安慰，抚平了她的恐惧和孩子气的懊悔。

这样的事故，他想，应该不算什么。但似乎就因为这件事情，她的心门紧紧地关上了，似乎再也不想打开它，她怕受到更多伤害。她开始讨厌马匹，这种厌恶的情绪愈演愈烈，她开始变得玩世不恭、苛刻冷酷。总有一天，这一切都会改变——总有一天。

现在，她需要他的帮助，但最为重要的是，他想得到她的依赖。他的机会来了，但也知道代价是什么，是他全部的荣耀，还有坦普勒的荣耀，这样的礼物让人心碎。

他站在离她一臂开外的地方，看着她，摇了摇头："你不明白，希拉，你不明白在比赛中作弊意味着什么。有时候，你能看到这样的报道。但更多时候，你听到的都是谣言，都不是真的。你会以为所有的骑手都会作弊，因为他们想赢，或是想输。你觉得这是司空见惯的事情，但这不是。对我来说不是。"

泪水在她的眼睛里闪烁着，"我明白，肯特。"她几近哀求，"但我必须求你帮我。我做了错事——把财富都挥霍了，可能是太无聊了，也可能只是太寂寞了。因为错误的理由办了错事，这我承认。但现在，要承担所有因此造成的耻辱，我受不了。我必须在四天凑足四千镑，否则，我就得离开英格兰了，肯特。"

他没有退缩，没有吭声，也没有任何表示。但他的眼中满是迟疑和犹豫。她吻上他的嘴唇。"我赌坦普勒会输，"她说，"别让我失望！"接着，就离开了。

夜晚过去，赛马日到来。马特·狄克逊的马厩一尘不染，闪亮得好像军队的营房，表面安静却暗流涌动。每个主看台周围的马厩前面都有一个戒备森严的营地，里面有赛场上的阿喀琉斯，冷静地等待上场，也有像赫克特一般心急的，不停地踩着光亮的蹄子。上千名百姓和驯马师在紧盯着时间，上千万的英国人拥进来下注。

有些马会在赛前发抖，有些则靠暴怒来舒缓情绪，还有些马喜欢思考。但所有这些马今天都有着清醒的头脑——它们知道，比试的日子要到了——它们期待这一天，活着就为了这一天。但对纯种马来说——这些马很少参加速度赛——它们赢不了，哪怕对方是匹只爱快跑的弱马。筋肉和骨血成就一匹马，而精神才能让马走上赛场。

坦普勒像雕塑一样安静。它的名声在外，必须冷静。它看着，等着。

它是匹高大的骏马，马夫在它面前也成了矮子。它栗棕色的皮毛像琥珀一样闪闪发亮。它是匹聪明的马，望向它的大眼睛，你知道它听得懂，还有那耳朵——比人的手指长不了多少——总是挺立着，仿佛要抓住任何一秒钟时光的流逝。

肯特·狄克逊看着它，摇了摇头。"坦普勒，"他说，"这是属于你的比赛。你想去比赛，你天生就该去比赛。我也期待了很多年，但现在……"他说不下去了。

他难过地用手拍了拍骏马的肩膀。"你也不能总是赢得比赛。"他说。话音未落，他看到父亲站在门口。

马特·狄克逊微笑着，看着他训练出来的马一点一点朝着那个不可能完成的目标迈进——完美——还有他的儿子，这个一出生就没了母亲的孩子逐渐长成了他想要的样子。这一切将他送向满足。这种满足感会更进一步，如果现在——今天——他能看到他的儿子，他的心头肉，骑着坦普勒，他技艺的传承，赢下所有骑手日思夜想的比赛。但他的微笑很快没了踪影，因为他的记忆之眼看到了另外一抹更具挑战性的微笑。

"你在担心，肯特，"他说，"是因为希拉。"

肯特点点头。他是个内向的人，灰眼睛像父亲一样警醒。他们都心知肚明。

"希拉是一部分原因，"他说，"但你不能记恨她。她也没办法选择出身。我爱马，天生就爱。而她爱的是奢侈挥霍的生活。她生来就是这样，但有一天她会改的。"

"她生来就只会想着自己，"马特·狄克逊说，"她生来就没心没肺！忘了那个女孩子吧——至少在明天之前。今天我们要比赛，今天——"

肯特打断了父亲。他把手从坦普勒的肩膀上拿下来。"我们可能赢不了，"他说，"可能都拿不到名次。我必须告诉你。"他看着父亲抿紧了嘴唇，下颌的肌肉紧绷着。他继续道，"坦普勒出了问题。你看不出来，但它确实出了问题。每一次我们练习、比赛的时候，我都能感觉到。我之前跟你说过，现在要再次跟你说一遍。"

马特·狄克逊压抑着自己的怀疑和愤怒。这是对他的警告吗？这是在说那个女孩子已经不战而胜了吗——坦普勒会因为这种胡编乱造的隐形问题就输掉比赛吗？这就是他四十年训练纯种马的回报？他专业的眼光审视着坦普勒雄壮的身躯。这就是一匹完美的马，最完美的马。

马特朝草垛上啐了一口。没错，肯特是两次提醒过他，这匹马有些隐性问题——遗传下来的毛病。他似乎能感觉到，但一场一场比赛赢下来，好像这毛病只是驯马师在杞人忧天。马特·狄克逊无声地叹了口气，平息着他的怒火。在英格兰，没有比他儿子更好的骑手，但也没有比他更不公允的伯乐——不管是看马，还是女人。

马特看了看表。再过几个小时，他们就要准备上场了。就因为这无谓的爱，对希拉无谓的信仰，肯特竟然打算放弃比赛。当然，是不是真正放弃了比赛，只需一小会儿就能知晓。

一切都在电光石火间，马特明白，肯特选择作弊还是不作弊，全看他一瞬间的选择。就在这关键的时刻，他可以选择给坦普勒检查，或者跨上坦普勒奔腾。所有这些计划，归根结底，就是要看他的儿子，在关键的最后一刻，是否会因为一张漂亮脸蛋放弃所有的荣誉。

他不会。接着，马特竟微笑起来："我相信你，肯特，你会尽力的。我相信坦普勒也会拼尽全力。它不是个逃兵——你也不能让它变成一个逃兵。"

他离开马厩，走到阳光下面，仿佛一身轻松。他的儿子做了一个绝望的手势，看着那匹沉思中的骏马。

下午过半，纽马科特的看台上挤满了人，远远看去，好像塞满了人的巨大号角。人们都很紧张，比赛就要开始了，激动的情绪在血液中燃烧。

速度赛马的精髓绝不是时间，而是竞争——重要的不是计时器，而是马匹间的对抗，看谁跑得更快。哪怕精确到十分之一秒，时间长短都是没有意义的，观众的心跳随着马蹄巨大的声响而激荡。让那些下注的人哀叹吧，让那些赌徒痛哭吧。但总会有例外，总会是因为爱马才去下注。如果它输了，他们会接着下注，不为别的，就只为再看到它驰骋赛场的影子。圣西蒙、海洋饼干、猛狐。人们记得这些马的名字，绝对不是因为它们赚了大钱，而是因为它们的英勇和雄心。

坦普勒就是这样一颗冉冉上升的明星。它的品质能让最狡猾的赌徒都毫不犹豫地赌它赢，每一场比赛都是如此，好像不这么做就是忘恩负义。

人们都在期待着坦普勒拿下这场比赛。所有的人都发出同样的声音，有时像大浪一样汹涌澎湃，有时像退却的潮水无声无息。这些声音代表着太多情绪——希望、愤怒、喜悦，甚至是蔑视。时候到了，声音的浪潮就会蜂拥而至。现在就是这样的时候。

　　围场的入口被清空了，一排人站在那儿，就是这些人的辛苦和技能构成了这项竞技。马匹开始登记。

　　一切都井然有序——也许都只是表面上的——一切都这么壮丽雄伟，或者也都只是表面上的。除了真正的专家，没人能看出任何破绽。但这样的专家之眼无处不在。

　　驯马师的眼神犀利，快速地扫视着马匹。他们的眼神能穿透华丽的姿态和仪表，直穿进去，看透一切隐藏的弱点和积蓄的力量。驯马师们叼着烟斗，揉着下巴，紧盯着这些马，盘算着自己的机会。

　　马特·狄克逊不一样。他独自站着，在一群人中间孤独地站着，他看到了不愿看到的事情。坦普勒是最后一匹离开围场走上赛道的马。它和肯特走在一起，身披华丽的紫金色丝带。这时人群中闪过一个闪亮的身影，那是希拉的闪光头饰，随着她的移动反着光。

不一会儿，她来到了骏马的身边，马特·狄克逊看到儿子有力的手掌轻轻握着缰绳。他看到坦普勒迟疑了——现在变成了紧张，比赛的时间近了——他还看到，却听不到，肯特和女孩说了什么。可能只是简短轻松的问候，但不只如此，绝对不只如此，还有问题和回答，以及至关重要的决定。

带着这个决定，女孩转身走了，毫不犹豫地走向了下注的房间。她是那么优雅，从几百人中间走过，好像一个信心满满的孩子走向了森林。

肯特目送她远去，径直跨上马鞍，却没有再看他父亲一眼。他俯下身，轻轻地对着坦普勒说了些什么。

骏马向下探了探美丽的头颅，抖了抖蹄子，好像在说，即便没有翅膀，它也能飞翔。接着他们慢跑向赛道，接受人们的欢呼。声浪一阵强，一阵弱，接着又是一阵强音，直到最后比赛的时刻。马特·狄克逊手里死死地攥着望远镜，包厢里的气氛越发紧张，比他四十年来参加过的任何一场比赛都要紧张。

他没有去希拉的包厢，她也没有再来找过他。人们全都凝神静气，等待着比赛开始。

一阵挣扎，一声嘶鸣，一段安抚，马匹迫不及待地想要自由飞驰。发令官的手高举着，栅栏门纹丝不动，紧张的气氛四下蔓延。这就是比赛的前奏。

人们沉默着，不时爆发出一阵紧张的低语，接着又是沉默。每一双眼睛都紧盯着出发口，仿佛都忘了呼吸。大门就像一颗摇摇晃晃的水珠，迟迟不肯掉下来。时候到了，水珠一点点滑落——落下来了。

马特·狄克逊看着栅栏门升了起来，接着就是人群中快速又熟悉的巨响。他看着人浪汹涌地扑向栏杆。他听着他们大喊："开始了！开始了！"可他不是喊叫中的一员。

出发干净漂亮，没有一匹马落在后面，也没有一匹马能遥遥领先。十二条赛道仿佛聚成了一片云，紧紧联结的黑云，速度越来越快。这片云从看台前飞驰而过，看台上的人们仿佛凝固了一样沉默不语，场地里回响的只有沉闷的马蹄声。

坦普勒落在了最后，是肯特不让它跑起来——轻飘飘的彩绳压得很低。骑手和马都明白这意味着什么。其他人也一样，甚至看得更透彻。他们没有步步紧逼，没有在场上拼尽全力，也没有施展自己的力量。目前还没有。现在还不是时候。

他们不急于跑到前头，可能只要快跑上一步就能甩掉对手，马特·狄克逊想着，但现在他们还是想谨慎点，干得不错。

该转弯了，马匹加快了脚步，人们都赶快直了直身体，害怕错过这一小股由半蹲的男人和快速交替的马蹄组成的小风暴。

一匹叫作艾瑞尔的马跑在头一个——好像上了发条的快速马达——蹄子踩着节拍，重重地踏在地上，意志坚定。在它身后——紧跟着它的——是香缇克利尔，步子很重，速度也很快。这才是令人恐惧的对手，马特·狄克逊知道，这才是值得注意的对手。它和骑手配合得很好，似乎永远不知疲惫。每一次都能轻松胜过体态轻盈的对手——靠的就是结实的肌肉和筋骨，还有强健的心脏。香缇克利尔有一颗强健的心脏，坦普勒也是——这两匹马此前从未在赛场上一决高下，直到现在。

马特·狄克逊举起望远镜，嘴角弯出一抹微笑——转瞬即逝，却充满希望。他因为怀疑肯特而后悔，那孩子开始发力了。

开始发力了，人群中爆发出一阵欢呼，排山倒海一般的欢呼，万千声音汇成一句呐喊："坦普勒！"

　　肯特的表现十分出色。场地里——那片流云——四散分开，好像被一阵风吹散了似的。到了最后一个转弯点，十二匹骏马里面只有三匹还保持在第一梯队——黝黑的香缇克利尔、枣红色的艾瑞尔，还有锈金色的坦普勒。当务之急是要贴近围栏，抢占内道——肯特正在向内道切进去。他没有什么空间，位置都被卡得死死的，但他还在硬往里切。

　　凭借着熟练的双手，他巧妙地控制着坦普勒，马身紧贴着栏杆，好像骏马和骑手随时都能撞到上面。但他们没有，他们抢了一条路出来。

　　人群里的呐喊声越来越响，震撼着整个赛场。马特·狄克逊骄傲极了，他大笑出声，好像想让希拉·伯克利听到一样，但那个冷酷的金发姑娘什么也没听到，什么反应也没有。

　　坦普勒像把尖刀一样插了过来，艾瑞尔被挤了出去。转弯之后的决胜赛道成了两匹马的赛场——只剩下坦普勒和香缇克利尔。

赛场里一阵安静，观众席里没了动静，燕子在低空盘旋着，越飞越低。不时有谁清清嗓子，帽子草草地攥在手里，看台上吱吱作响。

赛场上的两尊泰坦之神近乎绝望而盲从地向前冲着，心肺间隐隐作痛，它们抻长了脖子，身上的力量在燃烧，在退去，时间在它们的身上显得不堪一击，再远的距离也不在话下，终点越来越近了。

这片英国的碧绿场地上一点尘土都没有，空气是那么新鲜。一双双热切的眼睛紧盯着终点——那清晰可见的位置——在这样紧张的时刻，终点线显得异常清晰。

马特·狄克逊紧盯着终点线。几千名观众紧盯着终点线。还有冷静的希拉也在不动声色地紧盯着终点线。突然，香缇克利尔仿佛看到坦普勒向后退了一步，在这种决胜时刻，哪怕一掌的宽度也能决定胜负。

就是那么一点点的距离，不多不少，一开始都没人注意到。坦普勒会退赛吗？它从未退出过。坦普勒会输掉比赛吗？每匹马都可能输掉比赛，但它的表现有点奇怪。它像是一下子慢下了脚步——好像还在努力朝前冲，好像又不是。它似乎一下子失去了心力，一下子丢了意志——它屈服了，呼吸之间，它臣服于香缇克利尔。香缇克利尔成了一道巨大的黑影，周身散发出勇气的光芒——而此前，这是专属于坦普勒的荣耀。

马特·狄克逊站了起来，望远镜胡乱坠在绳子上，失去了意义。他不需要望远镜也能看到结局——坦普勒被超越了，一只手巧妙地控制着缰绳，场面伪装得太好了，看起来跟真的一样——两匹伟大的纯种良驹为了胜利拼搏到最后一刻（至少看起来如此）。

坦普勒没有落后多少，不过是一个马脖子的距离，但它承受的压力不仅仅来自身上的骑手和马具。人群中爆发出一阵讥笑。赞美的颂歌变成了轻蔑的嘲讽，就好像美味的甜酒终究变成了酸涩的果醋。

　　讥笑也改变不了的，是它输掉比赛的事实。就在嘲讽的人群面前，它一败涂地——这匹高贵的冠军之马彻底丢了名声，被狠狠地羞辱了，不是因为它输了比赛，而是在众目睽睽之下，在信任它的观众眼前，它选择了当逃兵。

　　夜幕降临，温柔地将一切笼罩在黑暗里。看台上的观众已经离去，空荡荡的，好像天上缺了一角的月牙。经典赛结束了，经典赛决出了冠军。香缇克利尔的名字会在英格兰的赛马界广为传颂。

　　马特·狄克逊独自坐在野猪头酒店的小酒吧里，周围偶尔传出一阵轻松的闲聊声。他不想待在自己的棚屋里，他想要自己静一静，不被那些画像干扰——荣膺冠军的纯种良驹、银质奖杯，还有他儿子的照片。

　　他不怎么喝酒，但现在不同了，他回味着喉头间的苦涩。

可酒精给不了他答案，也改变不了一切。他第十次把半满的酒杯推开。

他没办法相信眼前的一切，但这又是改变不了的事实。闭上眼睛，那场景仍然历历在目，英格兰最伟大的赛马在临近终点的位置放弃了比赛。坦普勒是被迫退出的——它无从选择，马特想着——因为是他自己的儿子出卖了自己的名声和所有的信誉，只为博得女人一笑，还有她闪亮的长发。

她的财产保住了，赚得盆满钵满，也不用承受失去财产的耻辱。坦普勒是她的，她要赌它输掉比赛，哪怕她明白这是在无情地盗走本该属于肯特的胜利。回想起来，这是一场多么厚颜无耻的交易啊——肯特拼命说服他，让他相信坦普勒患有某种观察不到的毛病，就在今天，就在马特·狄克逊即将亲眼见证自己最心爱的马匹，人们最心爱的马匹，击败英格兰最强劲的对手——再把胜利轻易地转送他人——就在比赛的最后一刻。

比赛的最后一刻。他捂住双眼，不愿再去回想。他望着酒杯，却没有伸出手。他不能永远躲在这里，他终归要面对那个男孩。

他的手扶着桌子边缘，慢慢起身，突然停住了。肯特就站在他的眼前，面对着他，挡住了他的去路。男孩的脸上没有半点恐惧，也没有半点后悔。他的眼神像父亲一样坚毅，一样苦涩。他们对望着，眼睛里满是责难。

"说吧，"他的父亲说，"想说什么就说吧。"

肯特向后退了一步，深吸了口气，张了口，嘴唇的翕动难以察觉。

"比赛害死了坦普勒，"他说，"它三个小时前死了。"

屋子的某个角落里，陌生人爆发出一阵笑声。另外的角落里，两只玻璃杯碰到一起，叮当作响。还有游走的指针，记录着时光的流逝。但所有的这些声响，在马特·狄克逊的耳朵里都不存在，他什么都听不见，一双难以置信的眼睛盯着他的儿子。

"我知道你在想什么，"肯特说，"我也知道你肯定会在这儿。或许你还无法理解我，甚至不相信我，但你想错了。我们都想赢得比赛。我从来没骑得这么努力过，坦普勒也从来没拼得这么凶过。但这还不够——差得太多了。"

他顿了顿，给他的父亲搬了把椅子。马特·狄克逊坐在椅子上，等着他说完。

"最后一段赛道之前，我们一直领先，"肯特说，"你亲眼看到了，每个人都亲眼看到了。我们快到终点了——接着一切都发生了。就是我告诉你的那件事，它发生了。坦普勒垮掉了。它想要继续战斗，但它没了力气。我能感觉到，它的力量离开了它的身体，从我的手边，我的膝盖旁边溜走了。我什么都做不了。我甚至都没办法让它停下来，我试过了。它就这么冲到了最后——输了比赛。"

"死了。"马特·狄克逊嗫嚅着。

肯特盯着自己的手指关节。"死了，"他继续道，"两个小时以后。我们把它带回去，它想要吃点东西，但吃不下——你却不在那儿。"

"我派人去找金伯利还有其他兽医，但太迟了，他们赶过来之前，它就已经死了。"

马特·狄克逊握住酒杯，却没有端到嘴边。"你找到原因了吗？"马特·狄克逊问道，"纯种马不会就这么死了的。它们都会死，但不会像这样就死了。"

肯特望着镶在墙上的板子，眼神仿佛要看穿它，望出去。"我能做的都做了，"他说，"我把它的遗体送去解剖了。我必须弄明白是怎么回事——现在我明白了。听好了，父亲。"

他的眼神锁定对方的双眼。"听着，"他说，"坦普勒这一辈子——包括它跑赢的每一场比赛，还有每一场它拼尽全力的比赛——呼吸只靠着一个肺。别的马有两个肺，但它只有一个。它生来就是如此。我们现在明白了，但它从来就不知道。它是匹赛马，它必须向前跑，它只能向前跑。它就是这么死的，这就是原因，这也是为什么它今天会输掉比赛——它只能更用力地喘气，它也没有别的办法呼吸——它要去拼！它可能到死都不明白为什么这条赛道会这么长，为什么每匹马看起来都比它健壮。但它还是要去拼——从头到尾，永远都要去拼——直到它垮了，直到一万个没心肝的傻子骂它是个逃兵！"

马特摇了摇头，好像要甩开眼前的一片迷蒙。就在那么一瞬间，那个脸上挂着笑容，永远无忧无虑的男人，消失了。

马特·狄克逊坐在那儿，久久没有动。在整个英国赛马的历史上，也曾留下过赛马暴毙的记录。今天轮到了坦普勒：一个肺。不像别的赛马有两个肺，它只有一个。仍然在比赛，在拼搏，每一次呼吸都那么困难，每一次跨步都带着疼。这样的马没有勇气吗？没有心吗？

他离开酒馆，夜色中，呆呆地走向马厩。他的脑子里还有一件事——一件挥之不去的事。坦普勒输了比赛，希拉就会是赢家。怎么会有马因为这样的事情丢了命呢？痛苦的情绪在他的心里灼烧，他走向坦普勒的马厩，站在门外，想要把这一切都忘了。

马厩空了。深眼窝的骏马死了——它是诚实的马。他转过身，却停了下来。

空马厩里传来一阵深切的、不顾一切的哭声，那是女人的哭声。他凑过去，又停下，没法离开。这声音他听得清楚，他知道这人是谁。他还听到了另外的声音，是肯特。他没办法控制自己，偷偷从门缝间观察着。

月光洒在草垛上，好像珠宝。金色头发的女孩屈膝跪在上面，抽泣着。肯特在她的身边，安慰着她，声音很轻，每个男人面对哭泣的女人都会这样。

"它已经尽全力想要赢得比赛了，"他说，"我告诉你要押它赢——它也全力去拼了。"

"我知道，肯特。"她仰起脸，月光洒在她的脸上。悲伤抹掉了她所有的戾气，眼泪让她变得柔和。

"我押上了全部，"她说，"全押给你和坦普勒，不这么做我自己也受不了。现在我知道了。我输了一切，但我得到了自由。我可以自由地去工作——做什么都行。肯特，千万别让我变成逃兵。"

他微笑着，轻抚着她的长发，就像她小时候那样——被深爱的骏马吓哭了的小姑娘。

"你看到它永远在向前跑，"他说，"你也看到了它的垮掉。坦普勒的身体里只有半匹马，但它仍然一直跑着。我们又有什么理由成为逃兵？"

　　《逃兵》是柏瑞尔完成的最后一篇小说。文章完成于圣巴巴拉的一栋小别墅里，别墅下面是一片树木繁茂的山谷。这栋别墅曾是柏瑞尔的朋友利奥波德·斯托科夫斯基和葛丽泰·嘉宝的秘密爱巢。

　　那是一段对柏瑞尔和拉乌尔来说都不太愉快的时光。拉乌尔开始酗酒，体重增加了不少。他的作品卖不出去，夫妻俩陷入了严重的经济危机。但这些问题都不是单独一方造成的。柏瑞尔痛恨失败，对拉乌尔很差，而她的屡次出轨更是加剧了双方关系的恶化。两人开始频繁又激烈地争吵。

　　有证据表明，这篇作品是由柏瑞尔独自完成的——可能是出于经济上的压力——当她拿给拉乌尔编辑的时候（此时尚未提交给出版社），他仍然因为争吵而生气。他拒绝为柏瑞尔提供帮助，这也让柏瑞尔十分沮丧。她将未经编辑的手稿寄给出版社，但被拒绝了。因此，她转而向老朋友——作家斯图尔特·克卢蒂寻求帮助。克卢蒂帮她做了修改，稿件随后成功出版。或许是换了编辑的缘故，这篇作品的行文风格与以往有所不同。

文中的故事都来源于柏瑞尔自己的生活：驯马师的难题、赛马的刺激、对比赛的理解、一个女孩子面对经济破产的绝望、伟大的赛马。柏瑞尔最擅长写和马有关的故事，因为她有着独特的方式，可以理解马，而她对马的爱也要超过对世上所有男子的爱，甚至连她的父亲都不例外。马才是柏瑞尔的一生所爱。

这一则故事可能也是柏瑞尔写作生涯中的最后一篇作品，尽管几年前，人们在柏瑞尔位于内罗毕的房子里发现了一本未完成的小说手稿，这一本小说应该是与拉乌尔合作的产物，大概写于《逃兵》完成后的一年，即1947年，当时她正在肯尼亚和索马里游览。手稿在1983到1986年间遗失。

（本文首次刊载于《时尚》杂志，1946年6月刊）

图书在版编目（CIP）数据

迷人的流浪 /（英）柏瑞尔·马卡姆（Beryl Markham）著；郑玲译 .—长沙：湖南文艺出版社，2018.1

书名原文：THE SPLENDID OUTCAST

ISBN 978-7-5404-8391-3

Ⅰ. ①迷… Ⅱ. ①柏…②郑… Ⅲ. ①短篇小说—小说集—英国—现代

Ⅳ. ① I561.45

中国版本图书馆 CIP 数据核字（2017）第 275360 号

著作权合同登记号：图字 18-2017-192

THE SPLENDID OUTCAST by Beryl Markham

Copyright © 1986 The Estate of Beryl Markham

Translation copyright © 2018, by China South Booky Culture Media Co., Ltd.

All rights reserved

上架建议：外国文学·短篇小说

MIREN DE LIULANG

迷人的流浪

作　　者：［英］柏瑞尔·马卡姆
译　　者：郑　玲
出 版 人：曾赛丰
责任编辑：薛　健　刘诗哲
监　　制：毛闽峰　赵　萌　李　娜
策划编辑：李　颖　赵中媛
文案编辑：王苏苏
版权支持：辛　艳
营销编辑：好　红　雷清清　刘　珣
封面设计：梁秋晨
版式设计：张丽娜
出版发行：湖南文艺出版社
　　　　　（长沙市雨花区东二环一段 508 号　邮编：410014）
网　　址：www.hnwy.net
印　　刷：北京天宇万达印刷有限公司
经　　销：新华书店
开　　本：775mm×1120mm　1/32
字　　数：120千字
印　　张：8
版　　次：2018年 1 月第 1 版
印　　次：2018年 1 月第 1 次印刷
书　　号：ISBN 978-7-5404-8391-3
定　　价：39.80元

若有质量问题，请致电质量监督电话：010-59096394
团购电话：010-59320018